[作者]三月みどり
[原作／監修]Chinozo
[插畫]アルセチカ

Kadokawa Fantastic Novels

「我們今後要不要
就這樣一直交換身分下去？」
（小川優輝）

「我覺得超開心的！」
（小川昴希）

（桐谷翔）
「桐谷同學！全部破掉了！」

「……欸，七瀨！」
（七瀨玲奈）

「TA……
TAMAYA～～！」
（丸谷花火）

「好壯觀……」

CONTENTS

［作者］三月みどり
［原作／監修］Chinozo
［插畫］アルセチカ
TAMAYA
Kadokawa Fantastic Novels

前言

各位讀者幸會。

我是VOCALOID Producer——Chinozo。

非常感謝各位購入本作品。

這系列開始後過了大約一年半，這本作品居然已經是第四集了！

都是多虧各位讀者的喜愛，非常感謝大家。

那麼，本作品是從我的樂曲當中選了我非常喜歡的〈TAMAYA〉改編成小說。

〈TAMAYA〉這首歌是以自卑感為主題，三月老師仔細理解了每句歌詞的含意，將

本作也編寫成十分出色的故事。

三月老師真是太厲害了……

本作跟之前的作品稍有不同，雖然是同一個世界，但添加了一些奇幻要素，因此應該是

喜歡這類故事的讀者也能樂在其中的內容。

希望從樂曲認識本作的各位也能在閱讀後沉浸在故事當中！

最後是每次都會提醒一下的事：樂曲與小說的世界觀各自不同，小說內容並非樂曲的答案，還請多加留意！

這是以樂曲為基礎，由三月老師創作的另一個世界的故事，請各位在閱讀本書時也別忘了這點！

那麼，請盡情享受小說《TAMAYA》！

[原作／監修]Chinozo

[彩頁／內文插畫]アルセチカ

○序章

這個世界有不少「特別」的人們。

例如——

飄洋過海到外國，以投手兼打者的身分大活躍的棒球選手。

連續兩屆奧運獲得金牌的花式滑冰選手。

創作的漫畫在全世界銷量多達五億本的漫畫家。

哎，但這些例子是在「特別」當中也更加「特別」的人們吧。

不過，除了這些人——在離我們更近的地方也存在著「特別」的人們。

像是在班上很受歡迎的人。

或是足球隊的正式選手。

○序章

還有特別會念書的人。

或許跟剛才列舉的人們相比，他們好像沒那麼「特別」。

但是，如果有任何一項可以在內心抱持著自信的事物，而且讓人覺得有點厲害，我認為那個人就可以說是「特別」的人。

所以他們同樣是十分「特別」的人們。

我很想變得「特別」。

我並不是有什麼很偉大的夢想，例如想成為某方面的專家之類。

但是——無論是什麼都行，我想要變得有一點「特別」。

只有一項事物也好，只是對某一個人來說也好，我都好想變得「特別」。

但我在自己一路走來的人生中察覺到了。

啊，我一定就連這種近在身邊的「特別」都當不了吧。

接下來要述說的，是放棄了變得「特別」的我在某個夏天經歷的故事。

第一章　意義

六月中旬。大概再一個月就進入暑假的時候。

前幾天經歷了升上高中二年級後首次期中考，現在考卷正在教室裡發還到學生手上。科目是數學。其他科目的考卷都已經發還給學生了。

換言之，拿到這張數學考卷後，就可以知道我——小川優輝的期中考綜合得分。

「小川～」

在班上同學的心情因為考試結果而起起落落的喧鬧聲中，班導叫到了我的名字。

班導是從今年開始來到這間學校——夏海高中的男性教師，年紀大約三十幾歲。

他一身西裝打扮又戴著墨鏡，不管怎麼看都像是混黑社會的人，所以大家一開始都嚇到了，但實際上他是個就算被學生暱稱為墨鏡老師也完全不會生氣的溫柔老師。

「你很努力了啊。」

儘管墨鏡老師這麼稱讚我，我還是隱約察覺到了話中含意。因為墨鏡而看不到老師的表情，但這個溫柔的聲調很明顯是顧慮到我的心情。

我一邊回答「謝謝老師」一邊接過考卷，沒有當場確認分數，就這樣拿著考卷回到自己的座位。

然後我稍微深呼吸了一下後，試著翻開考卷看結果。

「……真慘。」

我不禁發出這樣的聲音。

結果是三十二分，勉強還在及格邊緣。順帶一提，其他科目的分數大致上也跟數學差不多，雖然沒有不及格，但不管哪一科的分數都非常低。

假如我有參加運動社團，還能當作是因為有社團活動要忙，沒時間念書也是無可奈何，但遺憾的是我並沒有加入任何社團，因此根本找不到藉口開脫。而且更悲慘的現實是我並非沒有用功，我在考試前還挺認真地念書準備，卻還是每科都低空飛過……拜託誰來告訴我這是一場夢吧。

「小……小川同學。」

在我受到不小打擊的時候，忽然有人從旁邊呼喚我的名字。

我轉頭一看，只見隔壁座位的美少女一臉擔心地看著我。

少女名叫丸谷花火，她在高一暑假結束時轉學到夏海高中，從那時開始成了我的同班同學，此外還是我在這個世界上只有兩個的朋友之一。

光滑的黑髮留到肩膀處，還綁著迷人的紅色緞帶。與其說是美女，更偏向可愛的容貌。個頭嬌小……應該說包括手腳在內，整體都十分嬌小，有一種宛如人偶的可愛魅力。

「那個……你考得怎麼樣？」

丸谷輕聲細語地這麼詢問。這並不是因為她怕我，而是她的個性原本就比較委婉。

因為我也不擅長跟其他人溝通，便很能體會這種跟某人說話時聲音忍不住就會變小的心情。

那麼，要說這樣的我為什麼能跟丸谷成為朋友，是因為她剛轉學過來時，我碰巧就像現在這樣坐在她隔壁，當時的班導指名我幫忙她熟悉校園。

這件事成了契機，我們兩個笨口拙舌的人在進行生硬對話的過程中慢慢打成一片，變熟了起來。我們並沒有很多共通的話題……但是，雖然我也不是很懂，很神奇地能跟她成為好友呢。

「勉強還在及格邊緣。哎……就跟往常一樣，是相當糟糕的分數啊。」

我老實地告訴她，於是她露出遺憾的表情，回答：「這……這樣呀……」

不過，她立刻像是要秀給我看，將小巧的雙手用力握拳。

「但是不要緊的，因為這表示小川同學你還有很大的進步空間。」

「……的確。這麼一想，我的進步空間非常大呢。」

「就是說呀。你是進步空間很大的小川同學喔。」

丸谷表示同意地連連點頭。怎麼好像被被取了個外號一樣啊……

從一年級開始就是這樣，在我感到沮喪的時候，她總是會鼓勵我，跟我說「不要緊」。

她明明不擅長說話，卻很拚命地想讓我打起精神。

像這種時候，我都很慶幸自己能跟丸谷成為朋友，也非常感謝願意跟我當朋友的她。

「丸谷，謝謝妳。」

「——！……唔，嗯。」

我向丸谷道謝，於是她似乎感到害羞，稍微低下臉。

我懂，我懂。突然被人道謝的話，口拙的人會不知道該怎麼反應才好呢。我懂喔——

「對了，丸谷妳考得怎麼樣？」

「跟往常一樣，大概七十分。感覺不好也不壞吧。」

大概是已經不害羞了，丸谷抬起頭來，這麼回答我。

「真好呢，有七十分。我也好想考到這樣的分數。」

雖然從我進高中就讀以來——應該說我這輩子從來沒拿過高於平均分數的成績。

「人家一百分耶。真的是幸運值爆表啦咩噗，太high了咩噗。」

在我跟丸谷聊著勉強及格和考了七十分的話題時，忽然聽見有人拿到一百分這種誇張的分數。一看之下，是一頭金髮且化著時髦妝容，也就是所謂的辣妹女學生單手拿著考卷站在前一個座位。

女學生名叫詩音梨花，跟丸谷一樣是轉學生，不過她是在我們升上二年級的同時來到夏海高中的。

看來她似乎考了一百分……不過在那之前，她剛才說的辣妹語絕對不是那樣用的吧。雖然我對辣妹語不熟，但應該不會像那樣咩噗個不停。

「嗯？你有事找人家嗎？」

就在我這麼心想時，被詩音同學發現我一直在看她了。

「咦，啊……沒……沒事……」

我畏畏縮縮地這麼回答，於是詩音同學只說了聲「是喔」，然後就跟附近的朋友談天說笑了起來……我果然沒辦法跟丸谷以外的人好好交談。

儘管詩音同學會用些很隨便的辣妹語，而且是幾個月前才轉學過來的，但她的朋友已經比我多了。她在班上甚至還是有點受歡迎的人物。

不僅如此，我今天才知道原來她就連腦袋都很聰明。

……我也應該學著說些辣妹語比較好嗎？

「慘啦——考不及格了～」

在聽到一百分的話題後，接著從附近傳來這樣的話語。

聲音的主人是班上最受歡迎的人，才二年級就成了足球隊王牌前鋒的松本健斗同學。

他跟我姑且是同一間國中出身，但國中三年我們不曾同班過，去年我也跟他不同班。松本同學一定不記得我這個人……應該說他大概不知道我的存在吧。

「竟然考不及格，你在搞什麼，健斗～～」「太遜了吧～～」「健斗你真的很笨耶。」

聽到其他同學這麼揶揄，松本同學笑著回應：「我搞砸啦～～」

雖然考不及格，他看來並沒有很沮喪的樣子。

這一定是因為在他內心有足球這項讓他有自信的事物。

相對地，我雖然沒有考不及格，分數卻相當低，也不像松本同學會踢足球那樣有什麼擅長的事物。畢竟運動對我來說就跟念書一樣不擅長嘛。

「……唉。」

我不禁大大地嘆了口氣。

「小、小川同學，那個……我也會努力的，下次考試我們再一起加油吧。如果是進步空間很大的小川同學，肯定也能考到一百分喔。」

大概是擔心再次感到沮喪的我，丸谷又這麼鼓勵我。

……丸谷真的很溫柔呢。

「說得也是。進步空間很大的小川同學會加油的。」

我這麼回答，於是丸谷感到安心似的露出微笑。

……不過，雖然我對丸谷說了這麼積極的話，內心其實根本不覺得自己就像她說的那樣有什麼進步空間。

因為我老早就知道——我根本沒有進步空間可言。

◇◇◇

放學後沒有加入社團的我回到家，做完老師今天出的作業後，在吃晚餐前就隨便玩些遊戲來打發時間。

如果是假日，我有時也會出門，不過要上學的平日通常都是這種感覺。因為我沒什麼朋友，放學後幾乎……不，應該說我根本沒有朋友相約玩樂。

我跟丸谷住在同個地區，所以偶爾會一起回家，但她也不是那種會跟別人玩得很high的人，至於我的另一個朋友……哎，由於種種原因，沒辦法很high地一起玩。

而且我也沒有跟別人一起好好玩樂的經驗，不知道要怎麼玩得很high。

因此，不high的我今天也是在寫完作業後像這樣玩遊戲打發時間。我玩的遊戲是從以前就很流行，已經成了系列作品的《瑪路歐派對》。

這是跟朋友一起玩的遊戲吧？——應該也會有人這麼想，但不巧的是我沒有可以一起玩遊戲的朋友。因為我技術太爛，也沒辦法玩對戰類或動作類等其他遊戲，所以一個人玩《瑪路歐派對》擲骰子，對我來說是最快樂的……小遊戲完全贏不了就是了。

就在我茫然玩著遊戲時，晚餐似乎準備好了，我聽到媽媽叫我吃飯。

我走到一樓前往飯廳，只見提早下班的爸爸與弟弟——秀也先一步坐在座位上。

接著我跟媽媽也坐下後，在所有人都到齊，開始用晚餐時——

「優輝，你數學考試考得怎麼樣？」

媽媽一開口就這麼問我，讓我不禁嗆到了。

其實我還沒給父母看我今天考試的結果。應該沒有小孩會想主動給父母看自己考那麼低的成績吧。

應該說我明明沒有告訴家人今天考卷會發回來的事，為什麼媽媽會知道呢……

「你……你沒事吧？哥哥！」

秀也擔心突然嗆到的我，我點頭表示不要緊。

「怎麼，優輝，考卷發回來了嗎？」

另一方面，爸爸則是很在意我考試成績的樣子。

因為話題的發展，讓爸爸也發現了我剛考完試……不過算啦，反正媽媽大概也只是隨口問問，只要裝傻應該就能蒙混過去吧。

「數……數學考試？是……是在說什麼呢咩噗？」

不過，或許是我還在動搖，不知為何冒出了詩音同學那種隨便的辣妹語。

說錯話啦！這下肯定會被懷疑！

「你那說話方式是怎麼回事？先不提這些，數學考卷今天應該發回來了吧，我聽其他學生的媽媽說嘍。」

「為什麼我幾乎沒朋友，媽媽卻跟其他同學的媽媽是朋友啊……」

媽媽似乎是從其他同學的媽媽那邊得知這個消息。不擅長說話的小孩，父母反倒很擅長聊天是常有的事，我們家也是一模一樣的狀況。

媽媽應身為銀行職員的爸爸的要求，目前是全職家庭主婦，但她以前似乎是個活躍的職業婦女，說得直接點，她是社交高手，在學校的懇親會很快就能跟同學的母親變成朋友。

……面對這樣的母親，想隱瞞考試的事情也是白費功夫嗎？

「所以，你考得怎麼樣？」

「……三十二分。」

我坦白招認，於是媽媽感到傻眼似的大大嘆了口氣，手扶著額頭。

爸爸似乎對這個話題沒了興趣，又再次吃起晚餐。

「之前發回來的其他科目的考卷，也差不多都是這個分數對吧？」

「……嗯，每科大概都是三十分多一點。」

「你有認真念書嗎？」

「我有念書啊……可是——」

「我說呀，我經常提醒你不要說什麼『可是』或『但是』吧，那些話只能用來當藉口而已。」

媽媽又大大嘆了氣。聽到她第二次嘆氣，我的胸口不禁刺痛了一下。

然後媽媽又像平常那樣開始說了起來。

「我說啊，優輝，你稍微向秀也看齊吧。」

來了。這番話我已經不曉得聽過幾百次。

之後的發展大多是同一個模式。

「秀也很用功念書，也很努力運動。」

媽媽稱讚弟弟。

「就是說啊，優輝。秀也跟你不同，非常努力。」

爸爸稱讚弟弟。

「他前陣子的考試還拿到所有國中二年級生當中最好的成績呢。」

媽媽再次稱讚弟弟。

「聽說體能檢測也是學年第一啊。」

爸爸再次稱讚弟弟。

從小學開始，幾乎每天都會上演這種模式。就算我是笨蛋，也都記起來了。

「媽媽、爸爸，我不是一直說別提我的事嗎？」

「可是秀也，不這麼說的話，優輝他……」

「你要體諒啊，秀也，這都是為了優輝好。」

即使秀也開口提醒，父母也完全不打算聽進去。

於是秀也稍微加強語氣。

「我都說別提了，就請你們住口。沒問題吧？」

聽到他這麼說，媽媽跟爸爸才總算閉上嘴。

在學業和運動都很完美，優秀過頭的弟弟面前，似乎就連他們兩人也無法反抗。

……哎，雖然這也是一如往常的模式啦。

「好啦，哥哥！吃晚餐吧！」

秀也一掃剛才那種犀利的氛圍，笑咪咪地向我搭話。

生活。

「好……好喔……」

我這麼回應，然後跟秀也一起再次吃起晚餐。

我從小就過著像這樣被父母拿來跟優秀的弟弟比較，每次都是溫柔的弟弟挺身保護我的生活。

吃完晚餐後，我在自己房間又稍微玩了一下遊戲，聽到媽媽說秀也已經洗好澡，便拿著要換的衣服前往浴室，打算接在他後面洗澡。

在小川家無論什麼事，比起一無是處的哥哥，都會以優秀的弟弟為優先。雖然秀也顧慮到我的心情，會跟我說不用這樣，但這方面總是由我直接說服他。

這種令人遺憾的哥哥居然要比無論學業或運動都很拚命努力的弟弟先洗澡……實在太讓人過意不去了。

「啊，哥哥。」

在前往浴室的途中，剛洗好澡的秀也向我搭話。他的臉頰還有些紅潤，讓不同於我，是個型男的他顯得更加帥氣有型。

「你接下來要念書嗎？」

「嗯。雖然才剛考完試，但不努力一點的話，成績馬上就會掉下來。」

「這樣啊，真了不起呢。加油。」

我只說了這些就走過秀也身旁。

「哥……哥哥。」

於是秀也又叫住我，我轉過頭去。

「怎麼了？」

「那個……雖然這些話我說過很多次了，你用不著在意媽媽和爸爸說的話。我很喜歡現在的哥哥……也很尊……尊敬你。」

「這……這樣啊。你這麼說我是很高興，可是尊敬……我這種人有哪裡值得尊敬啦。」

無論哪方面都很優秀的秀也尊敬一無是處的我？坦白說聽起來只像客套話，甚至已經不像客套話，感覺是在嘲弄我了。

雖然個性溫柔的秀也絕對不會那麼想就是了……

「哥哥有很多值得尊敬的地方喔。像是小時候就算我迷路，哥哥也一定會找到我；還有我被看起來很壞的人找碴時，哥哥應該也很害怕，卻還是會幫助我——」

「那都是以前的事了吧。而且你用不著為了那種事尊敬我啦。身為哥哥，拯救陷入危機的弟弟是理所當然啊。」

「不……不是理所當然喔。所以我才——」

「好了好了，這個話題就到此為止吧。你念書加油。」

我只說了這些便強行結束對話，然後進盥洗室脫衣服。

經過一會，傳來秀也逐漸遠去的腳步聲。

我深深吐了一口氣。

……秀也，我不是那種值得你尊敬的人。

因為每次聽到你被父母稱讚時，我都會心想要是我能跟你交換就好了……

「我簡直是個王八蛋嘛。」

身為哥哥卻遜爆了的自己反倒讓我笑了出來。

……還是趕緊來洗澡吧。

◇◇◇

我洗好澡後，回到自己房間滑手機。

因為作業已經寫完，遊戲也玩得有點過頭，感覺有些累，今天不想再碰了。

我在網路上隨便搜尋，於是看到了職業足球選手準備轉會到海外隊伍的新聞。

選手的感言寫著「我想相信自己的力量，盡全力去挑戰」。

挑戰……嗎？

這句話讓我回想起以前的事。

那是我小學三年級的時候。看到班上很受歡迎的男生，我忽然冒出一個想法。

假如我能變得像他一樣，肯定每天都會很快樂吧。

明明在那之前，我只會從外頭眺望，覺得受歡迎的人真厲害，卻突然冒出一種如果自己也能變成那樣──的想法。

因為當時秀也甚至還沒上小學，不會被父母拿來比較，我也不是很清楚自己能做些什麼，又能做到什麼地步。

然後我不只是對班上受歡迎的人，也會對其他人抱持同樣的感情。

在少棒擔任王牌的男生。

非常會煮菜的女生。

腦袋十分聰明的男生。

如果能像他一樣、像她一樣──變成有點「特別」的人。

這樣的念頭慢慢增長，最終我也決定為了變成「特別」的人，試著去挑戰各種事情。

首先我覺得會運動的話一定很帥氣，於是加入了少年籃球隊。

——可是，不管我怎麼練習，就連運球都無法超過三下，教練委婉地勸我退出比較好。

接著我心想會縫紉的男生或許很厲害，於是加入了小學的手工藝社。

——可是，我的手實在太笨拙，被其他學生嫌礙事，被趕了出來。

接著我心想如果交到一百個朋友應該就能成為受歡迎的人物，便試著跟許多同學和睦相處。

——可是，我根本沒有溝通能力，甚至無法好好跟大家聊天。

之後升上國中，我也為了變成「特別」的人，試了各種事情，但不管做什麼都不順利。

結果我只知道了兩件事。

就是沒有任何事適合我做。

還有——這樣的我絕對無法成為「特別」的存在。

「我本來以為至少能找到一樣擅長的事情。」

我一邊回想往事，一邊這麼低喃。

無論多渺小都無妨，我想要能變得「特別」的某樣特質。

即使只是對某一個人而言也好，我想要成為「特別」的人。

但是一無是處的我無法成為「特別」的存在。

一定有很多人可以取代我。

既然如此，這樣的我——

「……還是去睡覺吧。」

我決定不再繼續想，關掉房間的燈。

雖然就算房間變暗，我也總是睡不著……

最後一次能安穩入睡的日子是什麼時候了呢？

◇◇◇

經過幾天，迎來了假日。當我心情沮喪的時候，有兩個常去的地方。

其中一個就是爺爺家。

「喔，優輝，你又來啦。」

我從自家騎腳踏車約十分鐘抵達爺爺家後，只見爺爺一如往常坐在外廊上。

離城鎮有些距離，也只有零星幾棟住宅，附近有森林和大型山脈的地方。

爺爺就住在位於這裡，像宅第一般寬敞的木造老舊房屋。

「又來了是什麼意思啊。有什麼關係嘛。」

「老夫可沒說你不准來吧？」

爺爺轉了轉頭，示意我在他旁邊坐下。

我看了便在他身旁坐下。

「你又在做煙火了嗎？」

「對啊。畢竟這就是老夫的工作嘛。」

爺爺一邊撥弄著煙火球，一邊這麼回答。

爺爺是煙火師，而且相當有名，在這個地區舉辦的活動和祭典施放的煙火，基本上都是由爺爺與他僱用的員工製造的。

順帶一提，爺爺的名字叫菊次郎，跟煙火有點共通點。

「煙火很棒喔。順便告訴你，煙火的製作方法是──」

「噢，夠了啦。你要講幾次煙火製作和放煙火的方法啊。我明明不想記這些，卻都已經會背了。」

每次來爺爺家，他都會大聊特聊關於煙火的話題。

也因此關於煙火的事，我幾乎都會背了。

之後我悠哉地看著爺爺工作時——

「你又被明彥和清香說了什麼嗎？」

爺爺繼續作業，同時很自然地這麼詢問我。

明彥和清香是爸爸和媽媽的名字。

「……你為什麼會這麼想啊？」

「因為你通常都是挨他們兩人罵時才會過來這裡啊。」

「沒那回事……哎，不能說沒有啦。」

就跟爺爺說的一樣，我幾乎都是在挨爸媽罵或被拿來跟弟弟比較後會跑來爺爺家。

因為爺爺雖然長相凶狠得連老虎看到他都會逃跑，卻是個跟外表不同，非常溫柔的人，我總是仗著爺爺的溫柔，要他聽我發牢騷。

「你就說說看是發生了什麼事吧，老夫會聽你說。」

爺爺笑著這麼對我說。

我感謝這樣的爺爺，同時開始說了。

「——就是發生了這樣的事。不覺得他們很過分嗎？」

我說完之後，爺爺大聲地笑了。

呃，我可不是在說笑話耶……

「抱歉，抱歉。老夫是在想你真的就跟以前的老夫一模一樣啊。」

「記得爺爺好像也有個優秀的弟弟？」

「對啊。學業跟運動不用說，那傢伙還會縫紉和烹飪，總之是個無所不能的人。」

「比秀也還誇張耶……」

如果像那樣無所不能，反倒會覺得人生很乏味的樣子……但還真令人羨慕。

「另一方面，老夫則是什～～麼都不會，所以常常被拿來跟優秀的弟弟比較……就跟現在的你完全一樣。」

「跟我一樣這句話可以不用說。」

我這麼回應，於是爺爺又笑了。這也不是該笑的地方耶……

「就算這樣，老夫還是能當個煙火師，也曾跟漂亮的老婆一起生活過，雖然她已經上了天堂，而且能像這樣跟可愛的孫子見面。」

爺爺這麼述說後，拍了我的背鼓勵我。

「哎，怎麼說呢，就連什～麼都不會的我都能度過美好的人生，你遲早也會碰到很多讓你嚇一跳的好事啦。」

「讓我嚇一跳的好事啊……」

那麼好的事情真的會發生在什麼都沒有的我身上嗎……？

而且爺爺雖然說他什麼都不會，但爺爺有煙火師這個可以在內心抱持自信、讓別人覺得很厲害的工作。

換句話說，他也是個「特別」的人。

所以爺爺跟真的什麼都不會的我完全不同。

「好啦，既然對孫子講了一番名言，那老夫就去上一下廁所吧。」

「完全聽不懂你在講什麼……」

我這句話又讓爺爺大笑出聲，同時他照自己所說，走向廁所那邊。

……他明明長相凶狠，卻是個很愛笑的人啊。

大約十分鐘後，爺爺回到外廊這邊。因為爺爺家實在太大，從外廊到廁所的距離異常地遠，往返一趟也要花上不少時間。

「喔，你要走了嗎？」

爺爺看到已經收拾好準備離開的我，便這麼詢問。

「嗯，因為我還想順路去一個地方。」

「你又要去那傢伙那裡了嗎？聽好了，優輝，你絕對不可以碰那傢伙喔。」

「我知道啦。爺爺你擔心過頭了。」

「你是老夫的孫子，老夫當然會擔心──？」

爺爺說到一半就停了下來，我心想發生了什麼事，看向爺爺那邊，只見他一臉不解地看著煙火球。

「喂，優輝，你有動煙火球嗎？」

「怎麼可能啊。我都聽爺爺說了未成年不能碰火藥。是吉田大哥剛才有來，稍微看了一下那個煙火球。」

因為爺爺的煙火工廠就在附近，員工們有時會因為工作上的事情過來這裡。

「這樣啊。那就好。」

「吉田大哥說他有事想問你，你快點去找他吧。」

我這麼告訴爺爺後便準備離開爺爺家。

「爺爺，那個……今天也謝謝你聽我訴苦。」

「用不著為了這點小事道謝啦。你隨時都可以再來。」

要道別時我向爺爺道謝，於是爺爺果斷地這麼回應我。
明明長得超級可怕，卻超級溫柔。這就是我的爺爺。

◇◇◇

「到了。」
我從爺爺家騎了幾分鐘的腳踏車，又在森林裡走了幾分鐘後。
我抵達了目的地。那裡是一間神社。
不過鳥居已經崩塌，恐怕以前還有其他建築物，但現在看不到任何影子，只有勉強還剩一間破破爛爛的拜殿。
說得直接一點，是已經完全荒廢的神社。
但這裡就是我心情沮喪時經常造訪的第二個場所。
「喂——小玉——」
我熟門熟路地朝著拜殿這麼呼喚。因為那傢伙總是會待在那裡。
就在我這麼心想時，小玉立刻從拜殿後面探出頭來。
——牠是一隻有著漂亮棕毛的狐狸。

「嗷嗚！」

那隻狐狸——小玉一看到我的臉，就立刻飛奔到我身邊。

但牠並沒有撲到我身上，而是在我眼前突然停下來。

牠很高興似的搖著尾巴代替飛撲。

「對不起喔，因為爺爺叫我不要直接碰你……」

「嗷嗚！」

我感到過意不去地道歉，於是小玉彷彿在說「不要緊！」，用強力的叫聲回應我。

我是在距今大約一年前與小玉相遇的。

在我即使進高中就讀也完全交不到朋友，無法跟班上同學打成一片，一直過得很憂鬱的時候，偶然救了差點被車撞的小玉。

然後發生了很多事，我得知小玉自己住在這個荒廢的神社裡，總覺得有些擔心，所以會來神社探望，不知不覺就跟小玉變熟了。

順帶一提，我僅有的兩個朋友，其中一人就是指小玉……哎，該說是一人，還是一隻呢……就算這樣，朋友就是朋友！

話說回來，我當初救了小玉的時候，被父母和爺爺狠狠罵了一頓，要我別做危險的事。就連秀也都難得斥責了我……

就是在挨罵的時候，爺爺告訴我狐狸身上有危險的病菌，叫我絕不可以直接碰觸。
「其實我很想摸摸你的頭呢。」
因為動物只要被摸頭或臉，好像就會很開心。真想做些可以讓朋友高興的事情。
「嗷嗚～～！」
「喔，你想玩平常那個遊戲嗎？」
聽到小玉活潑的叫聲，我這麼詢問，於是小玉輕輕點了頭。
「好～～那首先是右手！」
我這麼說道，於是小玉舉起右手。
「接著是左手！」
牠接著舉起左手。
「最後是風車！」
最後牠轉動尾巴。
這是我跟小玉見面時一定會玩的遊戲。
「你做得很棒喔！你跟我不同，很優秀呢！」
「嗷嗚！」
「這個時候你應該要否定吧……」

這樣的對話也是慣例了。如果平常也能像跟小玉聊天一樣與班上同學交談，感覺應該可以交到朋友，但事情總是無法如同想像的順利進行……

然後我們移動到位於破爛拜殿前的石階上，隨便找了位置坐下。

「欸，聽我說喔，我又挨爸媽罵了耶。而且又被拿來跟弟弟比較……」

當我回過神時，就像跟爺爺訴苦一樣也對小玉發起牢騷。

其實我並不想讓朋友看到我這種模樣，但不知是否因為知道小玉聽不懂人話，我經常忍不住向牠吐苦水。

我到底在做什麼啊，竟然向狐狸發牢騷……感覺真悲慘。

「嗷嗚！」

這時小玉氣勢猛烈地朝我擺動尾巴。

是察覺到我很沮喪嗎？牠應該是在鼓勵我吧。

「謝謝你。小玉就跟爺爺一樣溫柔呢。」

「嗷嗚……！」

我自認是在稱讚牠，但不知為何總覺得牠在瞪我。

牠是不滿我說牠跟爺爺一樣溫柔嗎……？

「也……也是！小玉比爺爺還要溫柔！」

「嗷嗚～～！」

小玉這次很高興似的搖了搖尾巴。看來牠的心情變好了。

小玉意外地很愛吃醋呢……

「啊，我從家裡的冰箱偷偷拿了你愛吃的李子過來，要吃嗎？」

我這麼問，於是小玉連連點頭。

我用帶來的水果刀把李子切半，放到小玉腳邊。

摸狐狸碰過的東西也很危險，所以我也不能跟小玉玩丟飛盤，要說能跟小玉做些什麼，就只有一起聊天、讓小玉表演風車或是餵小玉吃東西。

「嘿咻。」

在小玉吃李子的時候，我站了起來，對著拜殿拍了拍手。

雖然已經荒廢，這裡仍是貨真價實的神社，因此我祈禱在這裡生活的朋友可以平平安安。這是我來這裡時一定會做的事情。

「嗷嗚！」

這時背後忽然傳來小玉的叫聲。一看才發現李子已經沒了。

看來牠似乎想再吃一顆。

「你還真是個貪吃鬼呢。」

我這麼說著，同時又切了一顆李子給小玉。

然後我跟轉眼間就吃完第二顆李子的小玉又玩了起來，有時閒聊一下（這次我告訴牠《瑪路歐派對》的角色有多可愛），就這樣度過了假日……跟小玉在一起果然很快樂。

被父母罵時有爺爺聽我訴苦，去學校也有丸谷在。

仔細一想，我明明什麼都沒有，卻過著挺不錯的人生嘛。

既然這樣，就算無法變成什麼「特別」的存在，一直維持現狀也——

◇◇◇

「那麼，接下來想決定文化祭要推出的節目是也。」

假日結束後的學校。班上同學利用班會的時間，在教室裡討論下個月舉行的文化祭要推出什麼節目。

夏海高中的文化祭每年都會在放暑假前的七月中旬舉行，並沒有什麼特別有名的活動，是極為普通的文化祭。去年我所在的班級是開咖啡廳，但我不會料理也不會接待客人，所以一直在洗碗盤……嗚嗚，討厭的記憶害我頭痛起來了。

……要不要蹺掉文化祭的討論，偷偷回家呢？

「因為在之前的討論中已經把範圍縮小到跳《Cheese》這首歌曲的舞蹈，或是演《羅密歐與茱麗葉》這齣戲，在下想以多數決從這兩個選項中決定要推出的節目是也。」

擔任文化祭執行委員的服部忍同學四平八穩地推動討論。

順帶一提，他也跟詩音同學一樣，是升上二年級的同時來到夏海高中的轉學生。明明如此，卻像剛才那樣很擅長主持會議，所以同時兼任班長與文化祭執行委員……仔細一想，他真是個厲害的人啊。

還有他會在語尾加上是也，似乎是因為他很嚮往忍者。一開始包括我在內的班上同學都感到困惑，但現在已經完全習慣了。

話說回來，不是隨便亂用辣妹語，就是語氣像忍者一樣。

今年還真多奇怪的轉學生啊……

「小、小川同學，小川同學。」

「嗯？怎麼了？」

因為丸谷一直呼喚我的名字，我轉頭看向隔壁。

「小川同學你……覺得跳舞跟演戲哪邊比較好呢？」

「嗯～～反正我打算負責打燈，不管哪邊都沒差吧。」

「咦……你要負責打燈嗎？」

「算是吧～～反正我既不會跳舞也不會演戲。搞不好我連打燈都不會，可能會被宣告派不上用場～～」

我輕笑著說道，於是丸谷露出悲傷的表情。

真……真奇怪。我以為這是超有趣的自嘲哏，但不知為何氣氛變得好沉重……總……總之得趕緊換個話題。

「那……那麼丸谷妳覺得哪邊比較好啊？」

「我嗎？我也覺得哪邊都可以……」

「妳該不會也想搶打燈的工作吧！」

「不……不是啦。因為不管哪邊，我也都並不能算擅長……」

不能算擅長……但就她的說法來看，好像也不是完全不會。

因為無論是學業或運動，丸谷都能順利達成目標。這樣的她一定也能順利學會跳舞和演戲吧。既然這樣——

「跳舞和演戲，如果要妳選，妳比較想選哪邊？」

「……大概是跳舞吧。」

丸谷煩惱了一下，回答了我的提問。

「知道了。那我就投跳舞一票吧。」

「咦，可是……」

「沒關係啦。我真的覺得哪邊都沒差，既然這樣就應該幫忙支持朋友想選的節目吧？」

「……謝謝你，小川同學。」

丸谷向我道謝，但對我而言她是重要的朋友之一，這麼做是理所當然。要是沒有她在，我現在應該也是在學校一直一個人孤伶伶的吧。

……我真的很感謝她。

之後就按照服部同學所說，開始進行多數決，我跟丸谷都舉手支持跳舞。

結果其他班上同學也大多支持跳舞——我們班要推出的節目就此確定了。那個瞬間，我跟丸谷兩人偷偷共享著喜悅。

因為我們都笨口拙舌，要是講話稍微大聲點，受到眾人矚目可就難受了。哎，說到底，我們兩個講話都不會多大聲就是了。

「那麼，接著我想決定跳舞時站在中心位置的人是也。」

因為班會時間還沒結束，服部同學開始說起想順便決定站在中心位置的人。假如有好幾個人自告奮勇，似乎會改天透過試鏡來決定。

不愧是服部同學，很擅長主持會議是也。

「有沒有人想站中心位置的是也？」

服部同學這麼詢問大家。反正應該是在班上很受歡迎的人，或是想引人注目的運動社團成員會負責站中心位置吧。這種時候大多是這樣的結果。

我原本是這麼想的……但不管經過多久，都沒有人主動報名要站中心位置。

「沒……沒有人想報名是也嗎？」

連服部同學也不禁感到困惑……真的沒有人嗎？

「健斗你不報名嗎？」

一名女學生這麼問了。就……就是說啊，我們班不是有很受歡迎，而且是足球隊王牌的松本同學嗎？肯定是他站中心位置……不過——

「啊～～不行不行。畢竟大賽快到了，我也沒空練習跳舞嘛。」

松本同學表示抱歉似的雙手合十。接著服部同學以運動社團為中心詢問各人的意願，但大家似乎都跟松本同學一樣因為大賽將近，紛紛拒絕了。

「沒……沒有人願意站中心位置是也嗎？」

服部同學一臉慌張地再次詢問大家，但還是沒有任何人舉手。

這是當然的吧。雖然我也沒資格說這種話，不過剩下的同學都不是那種會主動想站在中心的人。

……沒錯。這個班級裡沒有一個人想站在中心。

反過來說，如果現在這個瞬間有人舉手，那個人就確定是文化祭跳舞時要站在中心位置的人。

只要舉起手，無論是誰都能——就連我也可以。

……不不，我在想什麼啊。我這種人哪有辦法站在中心跳舞啊。

說起來，我幾乎沒有跳舞的經驗。就算不是站中心位置也一定會失敗，我才決定要乖乖當個打燈人員。

而且我說不定真的就連打燈都做不好。

明明如此，卻妄想站什麼中心位置……

——但是，我不禁想像。

假如是我站在中間，假如我能跳得很好，假如我能盡情享受眾人的歡呼聲——

即使只是短暫的片刻，不也代表我能成為「特別」的存在嗎？

「我最後再詢問一次是也，真的沒有人要報名是也嗎？」

服部同學懇求般詢問，但還是沒有人舉手。豈止如此，班上同學還開始偷瞄周圍的人，彷彿想說哪個人趕快自願報名啦。

要是我在這種狀況下舉手，一定能站中心位置。

儘管好像會被認為「你要報名？」或是「你誰啊？」……但能站在中心！

而一無是處的我可以獲得能變得「特別」的大好機會！

——可是……

「……我知道了是也。由誰來站中心位置這件事，就先暫緩是也。」

結果我還是沒能舉起手。

直到中途我都打算舉手……但我還是辦不到。

我從以前就像這樣進行挑戰，然後不斷失敗。

無論是籃球、手工藝，還是交朋友——除此之外還有很多事，我總是挑戰失敗。

……所以我很害怕。我害怕會繼續失敗。

如果下次又搞砸了什麼……我大概就無法承受了。

「小川同學，你的臉色很糟耶……沒事吧？」

丸谷忽然擔心地這麼問。

「咦……我……我沒事。我只是有點擔心打燈的工作會被其他人搶走。」

「我想應該沒人會那麼執著於打燈的工作吧……」

「就……就是說啊！那打燈肯定是屬於我的工作啦～」

我像要蒙混過去，隨口胡說。

沒錯，這樣就好了。文化祭我就做些打燈之類的幕後工作，小心不要妨礙到別人。

因為我老早就知道自己無法成為「特別」的存在。

◇◇◇

一天的課程結束，我們迎來了放學後。在有些學生前去參加社團活動或委員會時，我就像平常一樣在教室收拾東西準備回家。

「小……小川同學，可……可以借用你一點時間嗎？」

這時丸谷向我搭話了。她好像比平常還要緊張。

「怎麼了嗎？」

「那……那個……我、我、我我我——」

「妳……妳到底怎麼啦？還好嗎？」

突然「我我我」的丸谷讓人有些擔心，我便這麼詢問。

「唔……嗯，我沒事。呃……我、我、我我——」

丸谷又開始「我我我」了起來。這……感覺像是她很努力想要向我傳達什麼，但無論如何都無法順利化為言語。

我懂喔——總是會有這種時候呢。我也經常這樣，尤其是位於班級階級金字塔頂端的人擅自坐在我的座位上時。希望他們讓開，但又無法強硬地主張，只能發出「啊……咦嗚……欸喔」的聲音，差點就要像這樣把五十音唸過一遍了。

所以這種時候該做的，就是一直耐心等待，直到對方能好好說話為止。

我會一直等下去的，妳可以慢慢來喔，丸谷。

就在我這樣耐心等候時，丸谷終於表達出她要說的話。

「我我——跪！」

……碗粿？

「妳大舌頭得很誇張耶。」

回程路上。沿著街道前往車站的同時，我回想起剛才的丸谷。

「對……對不起……」

走在我旁邊的丸谷一臉過意不去地針對剛才的事情道歉。

「不，沒事沒事。我也經常在說話的時候吃螺絲，我之前還在母親面前不小心講了辣妹語呢。應該說，我才是多嘴了……抱歉。」

都是我害丸谷這麼沮喪，讓她拚命打圓場和道歉。

糟了，我真的不該多嘴的啊～

「……小川同學是辣妹嗎？」

「不是！」

我這麼吐槽，於是丸谷呵呵笑了……太好了，她好像打起精神了。

「可是，妳怎麼會突然說要一起回家呢？」

「該不會你其實不願意？」

「聽到朋友邀我一起回家，我怎麼可能不願意呢？」

但是至今跟丸谷一起回家，都是我開口邀約的。應該說她不會開口邀我，而是會一直偷瞄我。

所以不管是我想跟她一起回家，還是她想跟我一起回家，都是由我主動邀約。

明明如此，這次卻是她主動開口邀我。我當然很高興，但也很好奇原因——正當我這麼想，立刻就得知了答案。

「那……那個，小川同學你……剛才是想自告奮勇，在跳舞時站中心位置吧？」

丸谷突然這麼問我……噢，原來是這麼回事啊。

「妳在說什麼啊？我怎麼可能會想站中心位置？」

「不，你騙人。因為我看到你想舉起手的那一刻。」

「……妳都看到了啊。」

哎，畢竟我們坐隔壁，就算沒有想看也會映入眼簾啊。

「我啊……覺得由小川同學你來站中心位置是很棒的事。」

「才不棒咧。沒有運動細胞的我就算上場，也一定會失敗。」

「我聽說跳舞跟運動細胞沒什麼關係喔。」

「就算那樣，我也是做什麼都會失敗的傢伙。」

「沒那回事。我並不認為你是沒用的人。所以……你就試試看嘛，站中心位置。」

即使我講了一堆否定的話，丸谷還是毫不氣餒地試圖說服我。

「……妳為什麼那麼想讓我站中心啊？」

感到在意的我這麼詢問，於是丸谷彷彿想表達「這還用說嗎」，這麼說了：

「因為我想幫忙支持朋友想做的事情啊。」

她鼓勵我似的對我露出笑容。

什麼啊……跟我今天說過的話幾乎一模一樣嘛。

老實說，丸谷這份心意讓我非常高興，也心懷感激。我的內心動搖得相當厲害。

如果是在小學或國中中途以前，剛才那番話或許會讓我學不乖地再次進行挑戰。

「……抱歉，我還是辦不到。」

可是，現在的我在過去經歷了太多次失敗。

「萬一失敗了該怎麼辦」的恐懼壓倒性地蓋過想挑戰的心情。

這樣的我根本沒辦法再去挑戰什麼，根本不可能以「特別」為目標——

「沒問題的！」

剎那間，丸谷站到我面前，用至今不曾聽過的音量大聲說了。

周遭被她的音量嚇到的人們同時看向這邊——但她毫不在意那些人的目光，用雙手用力緊握住我的手。

「那個……我也會幫忙支援，讓你絕不會失敗！所以沒問題的！」

緊接著她又大聲地拚命鼓勵我，給我勇氣。

沒問題的——用她常掛在嘴邊的這句話。

「……丸谷。」

這樣的她讓我不禁有點想哭。

像她這樣的人要發出那麼大的聲音，一定鼓起了相當大的勇氣吧。

光是這樣，就能感受到她為了我這種人非常拚命。

……明明如此，我卻一直這樣，真的好嗎？

朋友都鼓起最大的勇氣在鼓勵我，我卻一直畏縮不前真的好嗎？

而且最重要的是，我就這樣一直無法成為「特別」的存在，真的好嗎？

——當然不好了！就算是一無是處的我，也還是想成為「特別」的存在！

「……我知道了。既然妳都這麼說了，我就試著挑戰站中心位置吧。」

「真……真的嗎……？」

「嗯，真的。」

我這麼說好讓她安心，於是她似乎鬆了口氣，當場蹲了下來。

她居然這麼擔心我嗎……丸谷果然人很好呢。

「謝謝妳。我會加油。」

「……嗯。我也會努力幫你的。」

丸谷似乎冷靜下來了。她站了起來，笑著對我這麼說道。

這時，我再次慶幸自己跟丸谷是朋友。今後我還會慶幸幾次自己跟她是朋友呢……我想一定數不清吧。

「我說啊，丸谷，那個……手——」

「……手？啊！」

看到我們一直牽著的手，丸谷變得滿臉通紅。

另一方面，我也覺得自己的臉在發燙。我想我的臉一定跟她一樣紅吧。

周遭的人們——尤其是大學生年紀的情侶或老夫婦，彷彿在說「真是青春呢～」，面帶微笑望著這樣的我們。

……別……別這樣啦，我跟丸谷不是那種關係。

「對……對不起。」

「啊……不，妳用不著道歉。那個……我真的很高興。」

「——！……這……這樣呀。」

總覺得很難為情，我們變得無法正視彼此。

但周遭的人們不知為何拍起手來……拜託饒了我吧。

「……我真的會努力加油的。」

「嗯。我也會非常努力地幫你，所以我們兩人一起加油吧。」

丸谷像是要讓我感到安心，又像剛才那樣對我笑了。

到目前為止，我要挑戰某樣事物時一直都是孤單一人。

但這次不一樣。

如果是跟朋友一起——不，如果是跟丸谷一起，即使是一無是處的我，這次說不定真的能成為「特別」的存在。

這時我打從心底這麼認為。

◇◇◇

隔天。經過了一天，或許也有人重新考慮過吧——由於服部同學這樣提議，我們便稍微利用放學後的時間，再次決定跳舞時要站中心位置的人。

「那我就詢問大家是也。這裡面有沒有人願意站中心位置是也？」

服部同學這麼詢問，但教室裡依舊鴉雀無聲。

果然沒有任何人舉起手。

跟之前一樣，現在舉手的話一定能站中心位置。我這麼心想，但因為緊張而心跳逐漸加速，雙手顫抖個不停。

這時，我很自然地看向隔壁。

於是丸谷小聲地對我說「加油」。

沒錯。我這次並非孤單一人，所以沒問題的。

即使是一無是處的我，也一定能成為「特別」的存在。

「這次真的也沒有人要毛遂自薦是也嗎？」

服部同學像這樣再次詢問時——

「有。那個……我想報名。」

我舉起手這麼說了。

隨後，班上同學們同時看向我這邊，然後露出跟我預料中一樣像在說「你要報名？」的表情。唯一看起來很高興的人只有丸谷。

「呃……小川同學？你願意站中心位置是也嗎？」

「……是的，由我來站。」

驚訝的服部同學這麼確認，於是我再次斬釘截鐵地回答。

我的話讓教室裡陷入「讓這傢伙站中心位置沒問題嗎？」的氣氛……哎，這也難怪吧。

「人家卍（萬字）贊成～讓有幹勁的人去做比較好吧。」

這時，想不到詩音同學居然幫我說話了。雖然覺得她好像還是一樣誤用了辣妹語……

「在下也認為比起用互踢皮球的方式決定，由想做的人自願擔任是更好的辦法。」

接著服部同學也像這樣幫忙附和。

「各位也沒有異議是也吧？」

服部同學這麼詢問，不過沒有任何人開口抱怨……太好了。

「那麼，跳舞時站中心位置的人就決定是小川同學是也。」

於是，就這樣決定由我在文化祭跳舞時站中心位置了。

「負責指導舞蹈練習的是人家喔。指教多多嘍～～」

決定誰站中心位置的討論結束後，立刻開始了首次跳舞練習。

想不到負責指導跳舞的居然是詩音同學。除了學業，她似乎也相當擅長舞蹈……她也太萬能了吧。

「人家的指導可是卍嚴厲喔～～你們先做好覺悟吧咩噗～～」

詩音同學先這麼忠告待在教室裡的同班同學。順帶一提，參加練習的人只有社團活動學生和沒事的學生，人數大約十人。哎，不過第一天通常就這樣吧。

如果跟去年一樣，我想參加者應該會隨著文化祭接近逐漸增加。

接著我們開始練習舞蹈，詩音同學先示範開頭的舞蹈動作給所有人看，然後指示我們自主練習，直到可以跳出不錯的感覺為止，中間如果有不懂的地方可以問她。接著她很快來到負責站中心位置的我這邊。

「你——好像是叫小川咩噗？因為你要站中心位置，看起來又笨手笨腳的樣子，就由人家來個別指導吧～」

「是……是的……」

被丸谷之外的人搭話，我不禁畏縮起來……原來她還會在別人的名字後面加上咩噗啊。

「……那麼，旁邊的妳是？」

詩音同學瞄了一下我隔壁，只見丸谷拘謹地站在那裡。

「我是那個……負責擔任小川同學的助手，所以我會跟小川同學一起記住舞步。」

「助手？」詩音同學聽到她這麼說，露出有些疑惑的表情。

「……哎，算啦。總之你們兩人看清楚人家怎麼跳，然後好好記住喔。尤其是站中心位置的你。」

「是……是的！我……我明白了……！」

之後便開始了由詩音同學指導的斯巴達課程。

不過——

「……你果然笨手笨腳耶。」

詩音同學露出難以言喻的表情看著我。雖然我拚命模仿她跳舞，還有認真聆聽她的指導，卻怎麼也跳不好。

然而，姑且不論詩音同學的心境，我內心的想法則是完全不同。

——我說不定能成功！

無論是挑戰打籃球、手工藝，還是交朋友那時，不管挑戰什麼，都沒有一絲能順利進行的跡象。挑戰手工藝的時候，我甚至被趕出社辦呢。

……可是，這次不一樣。

我現在的確跳得不是很流暢，但也不至於完全不像樣。

只要非常努力練習，應該可以跳出一般人的水準吧？

我內心有這樣的感覺。

「小川同學，你還好嗎……？」

就在我思考著各種可能性時，丸谷像平常那樣擔心我。她在某種程度上已經能跳好開頭的舞步。果然丸谷不管做什麼，都能順利達成目標呢。

「沒問題，沒問題！我反倒興奮起來啦！」

我這麼告訴丸谷，接著將視線投向詩音同學那邊。

「詩音同學，能請妳再示範一次舞步給我看嗎？拜託妳了！」
「你怎麼突然有幹勁啦？不過人家喜歡有幹勁的傢伙呢！」
「我……我也會努力練到可以指導小川同學的程度！」
「不錯呢～！如果妳能幫忙指導他，人家也能去照顧其他同學，會輕鬆不少～」
之後我一邊接受詩音同學的指導，一邊繼續練習舞蹈，直到最終放學時間為止。回家之後我也安靜地踏著舞步自主練習，以免吵到秀也和父母。
我每天重複著這樣的生活，雖然進步速度緩慢，但在練習第一天怎麼也跳不好的舞步也一天比一天跳得更好了。

就這樣，在開始練習舞蹈後經過兩個星期時——
「一、二～三四！一、二～三四！」
在教室這麼數拍子的並非詩音同學——而是丸谷。
她已經記住所有舞步，如同她之前宣言的，現在詩音同學負責指導其他學生的期間，是由她擔任我的舞蹈教練。
我配合丸谷教練數的拍子跳舞。
雖然已經進入後半部分，目前還沒出現什麼嚴重的失誤。

「再來只剩收尾的部分嘍！小川同學，加油！」

丸谷這麼鼓勵我，我提醒自己要保持緊張感，繼續踏著舞步。

然後──雖然有些笨拙，我從頭到尾完整地跳完了舞蹈！

「……我辦到了。」

我首先低喃了一句只有自己聽得見的話。

「我辦到啦──────！」

然後首次達成某項目標的喜悅洋溢而出，我盡情地這麼吶喊。

老實說，周圍的人應該覺得我很吵。

「好厲害！你很厲害喔，小川同學！」

「不，都是多虧有妳先幫忙記住舞步，一直耐心指導我！」

「咦！我……我什麼都沒做……！這都是因為小川同學你很努力！」

「不不，都是多虧妳啦！」

就在我們兩人興奮不已的時候，有人戳了戳我的肩膀。犯人是詩音同學。

「等一下～小川咩噗，最大的功臣應該是人家吧～」

「對……對喔！詩音同學，真的很謝謝妳！」

「哎，感覺這是卍理所當然的〜」

詩音同學擺出V字手勢，並對我眨了眼。儘管她又在亂用辣妹語，但我想她大概是在替我高興吧。

很好！這下只要能在正式表演時也順利跳完舞，我就真的能變得「特別」──正當我這麼心想，周遭練舞的同班同學們突然包圍住我。怎……怎麼回事？

「小川，你真厲害耶！」「你很努力啊！」「我一直很支持你喔〜！」「因為小川同學很勤奮地練習嘛！」「這都是努力的成果是也！」「正式表演時也拜託你啦！」「之後要是碰到什麼問題，就跟我說吧！」「我真是太尊敬你啦！」

同學們像這樣接連向我搭話。看來大家似乎一直在支持著我。我好高興！但是，為什麼突然……？

「大家一直都有看到小川同學努力練習的模樣喔。」

正當我感到疑問時，丸谷偷偷對我耳語。

原來是這樣嗎？我一直拚命想記住舞步，完全沒發現……

「各位！謝謝你們！」

我這麼表示，於是大家又送上鼓勵。

這下我更不能在正式表演時失敗了……！

「小川同學，文化祭當天也一起加油吧！」

丸谷笑著這麼對我說。

一起……嗯，如果是跟丸谷一起，自己一定能努力加油！

「說得也是！我們一起加油吧！」

我這麼回應後，為了文化祭再次開始練習。

只要有丸谷陪伴著我，即使是一無是處的我，也一定能成為「特別」的存在！

然而就在隔天，我發了高燒，根本沒辦法繼續練習舞蹈。

◇◇◇

「……好冷。」

發燒後的第二天。雖然比燒得很嚴重時好了一點，但還沒完全退燒，身體也很疲憊。

我剛才一度試著勉強自己練習跳舞，但站不穩，很快就倒下了。

這樣根本無法練習，看來還是盡快康復比較好。

……明明距離文化祭剩不到一星期了，我到底在做什麼啊。

「感覺怎麼樣？」

媽媽進我的房間，這麼詢問。

「……還可以。」

「明明秀也就不太會感冒，優輝你卻是體弱多病呢。」

媽媽感到傻眼似的這麼說道。

呃～～可以不要連這種時候都提到優秀的弟弟嗎？

「那我去買一下東西。你有什麼想買的嗎？」

「……沒有。」

我這麼回答，於是媽媽只回了聲「是嗎」便離開了房間。

既然是母親，難道不應該再擔心一點嗎……我這麼心想，但就如同媽媽說的，我從以前就很容易感冒，媽媽或許只是已經習慣了這種狀況。

「大家現在應該正在練習吧。」

現在正好是放學後，班上同學們一定在努力練習跳舞……這麼一想，就覺得有些過意不去。

當我思考著這種事情，忽然有人敲了我的房門。

……是媽媽回來了嗎？但她平常不會敲門。

「什麼事？妳還有什麼話忘了跟我說嗎？」

我這麼詢問，但沒有聽到回應，相對地是房門打開了。

只見媽媽走進我房間——不對。

「打……打擾了……」

「丸谷！妳怎麼會在這裡……？」

我正感到混亂，丸谷卻不客氣地入侵到房間裡面。

啊，她意外地是不會在意這種事的人啊……呃，不是這個問題吧！

「妳怎麼會跑來我家？應該說妳怎麼知道我家？」

我問了兩個問題，於是丸谷困惑地發出「咦，啊……」的聲音。

糟了。像我跟丸谷這種不擅長溝通的人，要是同時被問了兩個以上的問題，大腦就會暫時當機。

「那……那個……我是請老師告訴我你家的地址。」

「妳說老師，是墨鏡老師嗎？」

丸谷點頭表示肯定。

「……這樣啊。那妳是幫忙送我請假時發下來的講義給我嗎？」

「這也是原因之一……我聽說你搞壞了身體，很擔心你的狀況，就跑來了。」

「咦……這……這樣啊……謝謝妳。」

聽到她也是順便來探病的，讓我稍微動搖了。因為我這輩子從未有朋友來探病過……不過，我真的很開心。

「……你的身體狀況還好嗎？」

「沒事，沒事。已經好得大概明天就能復活……咳咳、咳咳！」

「唔哇哇！你……你不可以勉強自己喔。」

我爬起來想表現出很有精神的樣子，但不小心咳了起來，便被丸谷制止。

……我明明不想讓丸谷太擔心的。

「你不用那麼著急喔。班上同學也都在等你，你就好好養病吧。」

「……可是，假如沒有康復，會給大家添麻煩。而且——」

而且這個好不容易降臨在一無是處的我身上，能成為「特別」存在的機會就——

「沒問題的。因為小川同學你非常努力啊，一定會康復的。」

「……是嗎？」

不知為何，我總覺得這種時候如果是詩音同學、服部同學，或是秀也這樣的人，應該就會好好地在文化祭前康復，因為他們具備那樣的價值。

……可是像我這種人……

「一定會康復的。沒問題喔。」

丸谷筆直注視著我，這麼斷言。

她這番話很不可思議地讓我有種安心感。

「……我知道了。既然丸谷妳這麼說，我就相信妳。」

「嗯，相信我吧。」

丸谷溫柔地對我笑了。她建議我報名站中心位置時也是，笑容真的給我很大的鼓勵。

接著我們兩人稍微聊了些無關緊要的話題後，因為怕感冒傳染給丸谷，就請她先回家了……我其實很想跟她再多聊一會就是了。

然而即使只有短暫的片刻，因為見到了她，雖然身體還是不舒服，心情卻振奮了不少。

然後我——一定要在文化祭前康復！我在內心這麼發誓。

◇◇◇

我專心養病過了幾天，到了文化祭前一天。

我的身體趕在最後一刻完全康復了。

早上我確認自己的體溫恢復正常後，急忙做好準備，離開家裡。

儘管很高興身體恢復健康了，但我搞不好又忘了怎麼跳舞。

我內心也有這樣的不安，所以只有多一秒也好，我必須練習跳舞。

我用跑的到車站，搭電車前往學校。

可惡，到學校要花這麼多時間嗎？這種焦急的心情越來越強烈。

……不，冷靜一點。就算忘了怎麼跳，我也曾一度好好跳完整首歌。只要認真複習，就可以找回那種感覺。

『沒問題的。』

沒錯，我沒問題的。沒問題，沒問題。

我回想丸谷平常鼓勵我的話，同時讓心情平靜下來。

我到達離學校最近的車站後，跑過跟我穿著相同制服，在上學途中的學生們身邊。

接著我花了幾分鐘抵達校舍後，換上室內鞋，前往教室。

丸谷說大家都在等我，不過這是真的嗎？

假如是……我會很開心。

就在我逐漸靠近教室時，傳來了跳舞的歌曲。大家肯定是在練習。那我也得趕緊跟大家會合！

我這麼心想，打開教室的門。

「大家，對不起！我的感冒總算好了——？」

不出所料，班上同學們正在教室裡練習舞蹈。

或許因為是文化祭前一天，是班上同學幾乎都到齊的全體練習。

……然而有一幅對我而言有點奇怪的光景映入眼簾。

站在中心位置跳舞的，是班上最受歡迎的松本同學。

而且他跳得非常完美，遠比我厲害太多了。

……為什麼？這樣的疑問在我腦海中打轉。

站中心位置的人不是我嗎？該不會換成松本同學來代替我了？……可……可是，他明明說因為社團要比賽，不想站中心位置。啊，我……我懂了。是因為我不在，只有練習時他會幫忙站在中心嗎？畢竟沒人站在中心的話就沒辦法進行全體練習嘛。原來如此，這樣啊——

「健斗，感覺很不錯耶！」「健斗果然無所不能啊！」

兩名男學生這麼對松本同學說道，於是其他學生也興奮地說著松本同學跳得真好、松本同學有跳舞天分、松本同學——

不知是我的聲音被舞曲掩蓋過去，還是因為大家集中精神在跳舞，所有人都沒發現我走進了教室。

「這樣要站中心位置應該綽綽有餘吧！」

然後一名女學生像在期待松本同學似的這麼說了。

……由松本同學站中心位置。

「雖然剛才是第一次練習，出乎意料地簡單呢。」

松本同學也沒有否定女學生說的話。

剛才是第一次跳？明明跳得那麼流暢耶……！

「等一下，還沒確定要由松本咩噗來站中心位置吧——咦，這不是小川咩噗嗎！」

詩音同學總算注意到我的存在後，班上同學都同時轉頭看向我。

如果是平常，被這麼多人盯著看，我八成會陷入恐慌狀態，但現在不是想那些事情的時候。

「……那……那個，是松本同學要站中心位置嗎？」

「咦……噢，前提是假如小川咩噗你身體不適，沒辦法參加文化祭喔。」

我戰戰兢兢地詢問，於是詩音同學有些驚訝，然後這麼回答我了。

「沒錯喔～是大家拜託我，萬一你不在，就由我來站中心位置……但這樣看來應該不用我站中心位置了吧。」

松本同學露齒笑了笑。看來他並沒有特別執著於站中心位置這件事。

「咦，小川，你回來了嗎……」「那……那就是由小川同學站中心位置呢。」「是……是啊。說得也是。」「畢竟他練習了那麼久嘛……」「那個……小川，加油啊。」「就……就是說啊，我支持你喔。」「小川同學……那個，就拜託你站中心位置嘍。」

大家也這麼替我打氣，要我努力站中心位置表演。

……可是我感受到了。班上同學的表情述說著其實應該讓松本同學站中心位置比較好。

比起笨拙而且只能勉強跳完舞的我，還是帥氣又能完美跳舞的松本同學更適合吧。

……就算我就這樣因為大家的溫情，決定站中心位置跳舞……

就算我勉強跳完整支舞，沐浴在觀眾們的鼓勵中……

那樣真的是我一直嚮往的「特別」嗎？

……不對。我想要的「特別」並不是那樣的東西。

說起來，因為別人的溫柔而獲得的東西，不能說是「特別」吧。

「……我不站中心位置了。」

我突然開口這麼說，於是大家騷動起來。

「為……為什麼？小川咩噗，你突然在說什麼啊！」

「其實我還沒完全康復……可以請松本同學幫忙站中心位置嗎？」

我向慌張的詩音同學這麼說明，然後看向松本同學。

「如果你真的身體不適，我是無所謂啦……」

「那就拜託你了……感覺又不太舒服了，我就先回家嘍。」

我這麼告訴大家，然後實在無法忍受繼續待在現場，便衝出了教室。

「小川同學！」

最後總算聽見了丸谷的聲音……讓朋友看到我丟臉的一面了啊。

之後又從逐漸變遠的教室中傳來幾聲丸谷的聲音，但我並沒有停下腳步。

◇◇◇

「……明天的文化祭要怎麼辦啊？」

我在鞋櫃處一邊換鞋子，一邊這麼低喃。現在正好是第一堂課開始的時間，周遭沒有任何人……總之，我得在被老師發現前離開校舍。

「小川同學！」

這時忽然傳來非常耳熟的聲音。

「丸谷……！妳不用上課嗎？」

「因……因為比起上課……小川同學你更重要呀……」

或許丸谷是一路跑過來的，只見她氣喘吁吁地這麼對我說。

……丸谷真的總是會說些讓我很高興的話呢。

「那個……你為什麼不站中心位置了呢？」

「我說過了吧？因為我身體不適啊。」

「……那你為什麼會來學校呢？」

丸谷立刻這麼問，我說不出話來。

不知道班上同學是怎麼想的，但丸谷一定注意到了。

儘管她大概不知道明確的理由，至少有察覺我並非因為身體不適才說不站中心位置。

「現在還來得及。我們一起去告訴大家你要站中心位置吧。」

「……已經夠了。」

「為什麼？那個……剛才的確是由松本同學站中心位置，但那是因為你不在……大家都說如果你在，由你站中心位置也是可以。」

「由我站『也是』可以嗎……」

我這句話讓丸谷露出「糟了」的表情。

看就知道她是拚命想說服我，所以一定有些著急，不小心把班上同學說的話原封不動地講出來了。

「丸谷，由我站『也是』可以的話，就沒有意義了……」

因為那表示有很多人都可以取代我。

可以被取代的存在不能說是「特別」吧……

「……我還是回家好了。」

「──！等……等一下，小川同學，你好不容易努力到現在耶，就在文化祭時站中心位置跳舞吧。」

「我都說已經夠了吧？」

「這……這樣不好啦。剛……剛才那些話比較像是無心之言……班上同學一定也想看努力練習的你站中心位置跳舞喔……啊，你該不會是擔心至今一直沒辦法練習的問題？如果是這樣，我今天會一直陪你練習。就算你忘了怎麼跳，我也會一直陪你，直到你學會為止。所以沒問題——」

「哪裡沒問題啦！」

我激動地這麼大喊。聽到我怒吼，丸谷豈止是閉上了嘴，甚至感到畏縮。

……我搞砸了。

「對不起，突然這樣大聲吼妳……可是，我根本不是沒問題的狀態。」

我用硬擠出來的聲音這麼告訴她，然後把換下來的鞋子放進鞋櫃裡。

「丸谷，明天見……雖然不曉得我會不會參加文化祭就是了。」

然後我離開校舍，與丸谷分開了。

這是我有生以來第一次對朋友說了很過分的話……糟透了。

◇◇◇

離開校舍後。我先回家一趟，但我沒有進屋子裡，而是瞞著媽媽用隨身攜帶的腳踏車鑰匙偷偷騎上腳踏車，來到以往放假時會造訪的荒廢神社。我是來見小玉，想讓糟糕透頂的心情稍微好轉一點。

「……牠不在嗎？」

不過，或許因為是平日，在破破爛爛的拜殿沒有看到平常會出現的小玉身影。其實我偶爾也會在放學後來神社，但小玉也是有時在有時不在。

哎，這表示小玉也不是一直閒著沒事做吧。

應該說，沮喪時居然想依靠狐狸……我真是遜斃了。

之後我像平常一樣，在石階上隨便找了個地方坐下。

現在回家的話，會被媽媽逼問：「你怎麼回來了？」而且在過來這裡的路上我也窺探了一下爺爺家，看到爺爺被一堆同事包圍，好像很忙的樣子。

反正我也沒其他地方可去，既然這樣，我想在這裡等小玉。

「……不去文化祭也沒關係吧。」

在等待小玉的期間，我思考著明天的事情。

既然沒有要站中心位置，請假也不會造成困擾吧，而且我在教室宣言不站中心位置後就擅自衝出教室……事到如今也沒臉跟大家一起跳舞了。

就在我思考著這些事情時，忽然從附近的草叢中傳來嘎沙嘎沙的聲響。

該不會……我這麼心想，靠近發出聲響的草叢一看——

「嗷嗚～～！」

「小玉！」

小玉氣勢猛烈地現身後，準備朝我衝過來——但牠在途中停住了。因為在一起相處的過程中，小玉也理解到牠不能直接碰觸我。

「你上哪去了啊～～」

「嗷嗚！」

「原來如此，原來如此……我完全聽不懂啊。」

像平常一樣對話後，我跟小玉一起坐在石階上。

這次我沒帶李子來，所以是給小玉吃從神社所在的森林通道上撿來的果實。這個森林的果實也是小玉愛吃的東西。

「我跟你說，小玉，看來我還是無法成為『特別』的存在。」

我開口對吃著果實的小玉這麼說，然後告訴牠我報名在文化祭跳舞時站中心位置，還有自己出乎意料地會跳舞，說不定能在文化祭時站中心位置跳完整首歌；然而結果我知道自己無法成為「特別」的存在，就辭退了站中心位置……冷靜回顧之後，發現我真是個超級自我中心的混帳。

但是——

「欸，小玉，可以聽我說個很長的故事嗎？」

即使我這麼問，小玉也只是埋頭吃著果實……哎，畢竟牠聽不懂我說的話，這也難怪。

就連我剛才說話的時候，牠也一直在吃果實。

……不過這樣正好，因為我一定無法跟聽得懂的人說這些話。

我這麼心想，並且開始述說。

『我覺得小川同學你還是去做其他事情比較好喔。』

小學三年級的時候。我無論如何都想成為「特別」的存在，加入少年籃球隊後過了一個月，教練對我說了這句話。

雖然他很溫柔地這麼說，但簡單來說他就是在表示我不適合打籃球。或許才一個月就這麼判斷有些操之過急，不過這代表我的運動神經就是那麼令人絕望吧。

這就是我最初的挫折。

可是，沒有運動天分是常見的事，當時我還是很積極，打算下次再挑戰其他事情。

接著我心想自己說不定擅長縫紉，便加入了手工藝社。

『請你不要再來這裡了。』

才加入一個星期，同年級的女生就對我發飆了。

這也難怪吧。我每次去都會被針刺傷，連簡單的縫法都學不會。

從那些女生的角度來看，我應該只是個礙事的人。

可是，不擅長縫紉也是很常見的事，這時我依然很積極，打算下次再挑戰其他事情。

接著我想交到很多朋友，掌握了同班同學的興趣，試著向他們搭話。

『你聲音太小了，很煩人耶。講話能不能更清楚一點啊。』

我因為溝通障礙，無法順利向其他人搭話，於是類似班級領袖的男生又對我發飆了。

這也是理所當然的。如果有不認識的傢伙用不知道在講什麼的音量好幾次向自己搭話，一般都會覺得很煩人。

可是，這世上也有很多不擅長溝通的人，這時我還是很積極樂觀，打算下次再挑戰其他事情。

就這樣，我一直重複著下次——

無論失敗幾次。

下次——下次——下次——

無論失敗幾次。

下次——下次——下次——下次——下次——下次——下次——下次——
下次——下次——下次——下次——下次——下次——下次——下次——

無論失敗幾次。
下次——下次——下次——下次——下次——下次——下次——下次——
下次——下次——下次——下次——下次——下次——下次——下次——
下次——下次——下次——下次——下次——下次——下次——下次——
下次——下次——下次——下次——下次——下次——下次——下次——
下次——下次——下次——下次——下次——下次——下次——下次——

然後在我國中畢業時，已經沒有當時能想到的下次的目標了。

這時我總算明白了。
我沒有任何一件擅長的事情。
一無是處的我無法成為「特別」的存在。

所以就連文化祭的跳舞也是，根本沒有任何人在真正意義上希望我站中心位置。
有太多人可以取代一無是處的我。
既然如此，這樣的我——

「這樣的我活著有什麼意義嗎……」

因為不甘心與悲傷，眼淚伴隨著這沒出息的聲音奪眶而出。
我並非想尋死。
……可是，我不曉得自己活著的意義。
還有現在呼吸的意義。
現在心臟在跳動的意義。
現在血液在全身循環的意義。
我不曉得自己存在於這個世界的意義。
即使靠自己拚命思考，不管怎麼思考都不明白……
我會想成為「特別」的存在，其實也不是因為覺得每天會變得很快樂這種理由。
我是想找出自己活著的意義，想成為不會被任何人取代的「特別」。

但是，不管做什麼事，我都無法成為「特別」的存在。

那我是為了什麼才誕生到這世上的呢……

——誰來告訴我吧。

「嗷嗚～～！」

我在內心這麼哀嘆時，小玉忽然發出叫聲。

我驚訝地看向牠，只見牠轉動著尾巴，表演我們平常玩遊戲時會玩的風車。

而且是到目前為止最快的速度。

「你真厲害啊，小玉……可是那樣會累吧，你不用勉強自己喔。」

即使我這麼說，小玉還是努力地不斷轉動尾巴。

牠該不會是察覺到我很沮喪，想鼓勵我吧？

「謝謝你啊，小玉。我精神百倍嘍。」

我這麼表示，於是小玉總算停止表演風車。看來牠果然是在鼓勵我。

明明牠應該聽不懂我說的話，但不知是否因為我們一起相處的時間很長，牠非常懂我。

「嗷嗚！嗷嗚！」

才這麼心想，小玉就開始跟我討果實……這傢伙真是的。

之後，我把身上還有剩的果實給小玉。

小玉津津有味地吃著……感覺牠應該沒什麼煩惱吧。

我這麼心想，同時又思考起關於明天的事。

「……我還是去參加文化祭吧。」

我不打算站中心位置跳舞。就算這樣，我好不容易學會跳舞了，而且爸媽和秀也姑且也會來參觀。哎，反正我也沒告訴媽媽他們我要站中心位置的事，就算正式表演時我沒有站在中心，也不會被說什麼吧。

畢竟要是事先跟他們說，感覺爸媽又會說些有的沒的，相反地，秀也則是會很高興而大肆宣傳。

……還有明天得好好向丸谷道歉才行。

畢竟她就跟小玉一樣，是我無可取代的朋友。

……我能順利地道歉嗎？

「嗷嗚！」

正當我感到不安時，小玉又發出了叫聲。這次似乎是希望我陪牠玩。

真是個自由隨興的傢伙啊。明明我還在煩惱明天要怎麼跟丸谷道歉……

「不過算啦，多虧有小玉，感覺我還有救。」
我本想摸小玉的頭，但在千鈞一髮之際想到這麼做很危險，便收手了。
居然不能摸狐狸，還真是麻煩啊……哎，雖然這也是無可奈何。
接著我跟小玉玩了一下，然後回家了。
今天真的是最糟糕的一天，但多虧了小玉，我獲得不少勇氣。
果然小玉是最棒的朋友！

然後到了隔天。參加文化祭的我跟班上同學們一起跳了舞。
當然我不是站中心位置，而是站在角落。儘管班上同學都說我可以站中心位置跳舞，但我用身體還沒完全康復這個理由婉拒了。
結果站中心位置跳舞的人就跟前一天預定的一樣，是松本同學。
這天我也利用空檔時間向丸谷道歉了。我深深地彎腰低頭，誠懇地向她道歉。
丸谷立刻就原諒我了，應該說她還講得像是自己也有錯，我們很快就和好了……雖然這完全是我的錯啦。
順帶一提，丸谷跟其他班上同學不同，沒有再建議我站中心位置。她一定是看了前一天的我，察覺到很多事情吧。

跳完舞後，我一個人逛著文化祭，跟去年一樣。

雖然我跟丸谷是朋友，但我也沒有勇氣跟女生兩個人一起逛。而且萬一有人產生什麼奇怪的誤會，也會給丸谷添麻煩。

文化祭像這樣結束後，立刻就迎來暑假。

這次長假就跟去年一樣，有時在家打電玩，有時到爺爺家，有時跟小玉盡情玩樂吧——我原本這麼心想。

不過，暑假開始後過了一星期。

我一次也沒能見到小玉。

◆◆◆

那是進高中就讀後，在首次黃金週時發生的事情。

升上高中，我也是完全交不到朋友，就在我一個人寂寞地度過每天的時候。

我出門幫媽媽買東西，發現有一隻狐狸走在車道正中央。這一帶偶爾會有狐狸出沒耶……就在我悠哉地這麼心想時，有車子從有點距離的地方筆直開向那隻狐狸。

不過狐狸應該會自己閃開吧？我這麼想，沒有多慌張地在旁邊看著，但不知為何狐狸面向地面，別說是閃躲了，甚至沒注意到車子。

車子也是，不知司機是否在分心，完全沒有要停下來的跡象。

這時我開始著急，覺得照這樣下去狐狸會被撞到，有一瞬間環顧周圍，想看有沒有人會幫忙。

附近有幾個大人，但大家都只是旁觀，沒有要行動的樣子。

是不想碰到狐狸，還是不希望自己遭遇危險呢？

總之，我感覺到照這樣下去狐狸的生命岌岌可危。

之後比起思考，我的身體先動了起來。

我衝到馬路上抱住了狐狸。

——但我的力氣不夠，沒辦法把牠抱到人行道上，因此我把自己的身體當成肉盾來保護狐狸。

如果要問我不害怕嗎，其實我當時根本沒有餘力感覺到害怕。

我心想要保護狐狸時，身體就擅自動起來了。

最終是司機注意到了我們，連忙緊急煞車，我們才在千鈞一髮之際得救了。

之後像是剛醒來一般揉著眼睛下車的司機凶了我一頓，但因為能保護到狐狸，我覺得怎樣都無所謂。

我跟小玉就是這樣相遇的。

之後小玉帶路似的帶我到那間荒廢的神社，因此我得知小玉是在那邊生活，而且只有牠一隻狐狸。

我實在沒辦法不管小玉，無論如何都會擔心，便開始會在假日造訪神社。每次去神社我都會跟小玉聊許多事情，盡可能跟牠玩各種遊戲，一起度過許多時光。

然後——我們成了朋友。

不管我挑戰什麼都失敗的時候，小玉總會聽我訴苦。

悲傷的時候牠總會陪伴在我身旁。

所以對我而言，小玉是非常重要的存在。

明明如此——

「小玉！」

我氣勢猛烈地坐起身後，發現這裡是自己的房間……是作夢啊。

「今天也得去找小玉才行。」

我一個人這麼低喃，然後急忙換好衣服離開了房間。

◇◇◇

「小玉——小玉——」

放暑假後的第十天，我在平常那間荒廢的神社尋找小玉。

從中午來到這裡後，我已經到處走了大約一小時，卻完全找不到小玉的蹤跡。

我從暑假第一天開始就天天造訪神社，但一次也沒能見到小玉。

結果我最後一次見到牠是文化祭前一天那時了。

「……到底上哪去了啊。」

以往從來沒有像這樣一直找不到牠。

小玉該不會是拋棄我了吧？

因為我動不動就發牢騷，說些喪氣話。

假如是這樣，我該怎麼辦……就在我一個人感到強烈不安時——

——滴答。

「……下雨啦。」

突然下起小雨，我急忙前往有屋頂的拜殿。

雖然神社位於森林裡面，但周遭沒什麼樹木，不怎麼能幫忙擋雨。

……我平常覺得不妥當就沒有在拜殿坐下來過，但這次情況特殊，請原諒我吧。

我一邊道歉，一邊在拜殿裡感覺能坐的地方坐了下來。

小雨逐漸變強，雨聲也漸漸變大。

「這下子在雨停前沒辦法出去了啊。」

我仰望著天空這麼低喃……小玉不要緊嗎？儘管抱著這樣的不安，同時也覺得牠應該不想被我這種人擔心吧。

一起玩的時候我經常會想，小玉的腦袋一定比我聰明。

這麼一想，就覺得小玉可能真的拋棄我了。

……不，說不定牠本來就只把我當成打發時間的對象。

如果不是這樣，我不可能來這麼多趟都一直沒看到牠。

「……拜託別丟下我一個人啦。」

我無法承受說不定被重要的朋友拋棄的現實，吐出了這樣的話。

拜託，快點出現吧，再跟我一起玩吧——小玉。

——嘎沙嘎沙。

這時忽然從草叢傳來聲響。是小玉嗎！

我連忙將視線轉向那邊，只見在那裡的是──戴著狐狸面具的人！

是誰……？正當我大吃一驚時，戴著面具的人就那樣撐著傘，大步靠近我。咦，怎麼回事？感覺超級可怕耶……！

「……嗎？」

那個人來到我眼前，嘴裡嘀咕著什麼。可是因為面具，聲音沒有傳到我這邊。

「可以給我能擦拭的東西嗎？」

於是戴面具的人似乎從我的模樣察覺到原因，這次大聲說了。從聲音來判斷是個男人。

擦拭的東西……哎，我是有啦。

我拿出手帕給他，於是戴面具的人接過手帕後擅自在我旁邊坐了下來。

「哎呀～謝謝你啊。因為雨實在太大，就算撐傘還是有點淋濕了呢～」

「啊……這……這樣啊。」

被第一次碰面的人這麼搭話，我結結巴巴地回應。

「為什麼要用敬語？你應該跟我差不多年紀吧？」

「呃……因……因為你戴著面具，我不知道你的年紀啊。」

我指出問題點，於是面具男回了聲「啊～的確」，然後哈哈大笑。

……這傢伙是怎麼回事啊。

「那麼，拿掉這個面具比較好呢。」

面具男將手伸到頭後方，拿掉面具。

這種奇怪的傢伙究竟長什麼樣呢？

我一邊這麼心想，一邊看向他的真面目，於是一幕衝擊的光景映入我的眼簾。

——他跟我長得一模一樣。

「應該順便報上名字比較好嗎？」

在我目瞪口呆地說不出話時，他笑著說出了自己的名字。

「我是小川昴希！是個平凡的高二學生！」

這時我還不曉得。

跟這個面具男——昴希的相遇居然會大大改變我的人生。

對我而言，一生只有一次的「特別」的夏日揭開了序幕。

幕間　某個少年「特別」的日常。

這是某個少年「特別」的日常故事。

「桐谷同學～～！」

早上的教室。正當我在準備第一堂課的東西時，同班的女學生用快活的聲音說著走近我的座位。

「早安～～！桐谷同學！」

「早啊，七瀨。」

她這麼向我打招呼，我也同樣回打招呼。

「明明是暑假結束第一天，你卻沒有像之前那樣偷懶不來上學呢。」

「我怎麼可能偷懶啊。畢竟距離大考剩下不到半年了。」

「這樣呀，這樣呀！了不起，了不起～～」

因為女學生——七瀨打算摸我的頭，我迅速閃開了。

「我說啊，我可不是寵物喔。」

「這種事我知道啦，桐谷波奇同學。」

「別擅自給我取那種像狗一樣的名字。我不叫波奇，叫翔啦。」

我這麼糾正，於是七瀨呵呵笑了。她又像平常那樣在捉弄我……

「但是暑假過得很開心呢～～跟桐谷同學一起去的祭典實在棒呆了！」

七瀨在我隔壁的座位坐下後，露出向日葵一般的笑容這麼對我說道。

暑假期間，就那麼一次，我跟她一起去了夏日祭典。

「桐谷同學，那是你升上高中後第一次去夏日祭典對吧？」

「嗯。因為到高二為止，我暑假都是一直窩在家裡打電玩嘛。」

「這樣呀！那多虧有我，你才能度過一個『特別』的暑假，真是太好了呢！」

七瀨用像在揶揄的語調這麼說了。但是我——

「是啊。謝謝妳！」

「你……你居然會這麼坦率地道謝……」

七瀨不知所措似的有點慌張起來。實際上我的確是託七瀨的福，才能度過至今最快樂的一次暑假……不過，「特別」嗎？

去夏日祭典的時候，我遇見了某個少年。

他跟我有相似之處，那樣的他拘泥於「特別」。

我託七瀨的福，能過著「特別」的生活——

然而不知道那時的少年現在怎麼樣了。

第二章　小川昴希

「這樣啊～～原來你在找跟你很要好的狐狸～～」

小川同學問我在這種地方做什麼，我回答之後，他可以理解似的點了頭……果然不管從哪個角度怎麼看，他的長相都跟我一樣。

要說有哪裡不同，大概就是他散發出的氛圍比我開朗很多吧。

「哎，是那樣沒錯……先……先不提這個，小川同學你不會吃驚嗎？」

「咦？吃驚什麼？」

「那個……就是眼前有跟自己長得一模一樣的人。我可是嚇了一大跳耶。」

「你在說什麼啊。我也是大吃一驚喔！」

小川同學哈哈大笑，這麼說道……但完全看不出來耶。

「不過世界上本來就會有幾個跟自己長得很像的人吧！我反倒覺得能遇到你很幸運！」

「你……你還真是樂觀啊……」

「應該說，你剛才叫我小川同學，但你也叫小川對吧？」

「是……是沒錯啦……」

在告訴他關於小玉的事情時，我順便先報上了自己的名字與年級。

小川同學有些興奮地表示：「我們同姓氏又同年耶！」順帶一提，他就讀的學校是在本地也很出名的升學學校……這個人其實很聰明嗎？

「既然這樣，你就用名字叫我吧！我也會叫你優輝！不然自己叫自己的姓氏，感覺有點噁心吧？」

「咦……沒那回——」

「好，決定了！就這樣！已經沒辦法更改了～～！」

小川同學用手臂擺出叉叉給我看。真……真強硬啊……

但要是繼續拒絕，感覺會很麻煩……哎，算啦。

「我……我知道了……昴……昴希同學。」

「不要加『同學』！」

他笑咪咪地這麼說道……拉近距離的方式也太開朗活潑了吧。

「……昴……昴希。」

「喔、喔喔……被你那麼難為情地叫，連我都要跟著害羞起來啦。」

昴希有些害臊似的搔了搔臉頰。明明是你要我這麼叫的耶……

「那個……昴希你為什麼會在這種地方啊？」

「這個啊，我本來想在森林裡抓獨角仙，結果又是迷路又是下雨，真是禍不單行啊。」

「獨角仙……」

「啊，你剛才覺得我很孩子氣對吧？不過興趣是抓獨角仙的大人其實意外地多喔。」

昴希氣呼呼地說道。的確應該有那樣的大人吧，但看到跟我長得一模一樣的人在做這種事，總覺得一言難盡……

「話說，你迷路了嗎？」

「是啊～不過我隨便亂走就遇到了你，也抵達知道的神社，結果ＯＫ就沒問題啦。」

昴希這麼回應，開朗地笑了起來。

如果太陽變成了人類，一定就是這種感覺吧。

「反正在雨停之前也沒事做，我可以說個不會冷場的故事嗎？」

「……那肯定是會冷場的故事吧。」

「沒那回事啦！哎，你就聽聽我這個超有趣的故事吧！」

昴希笑咪咪地這麼拜託我，被他陽光開朗的能量打敗的我無可奈何，決定聆聽他那不會冷場的故事。

——實在是非常無聊。

但昴希毫不氣餒地接著說起不會冷場的故事Part2、Part3，無論哪個故事結果都非常無聊……不過他順著話題發展，也開始講起關於自己的事情。

據說他從小就相當擅長念書和運動，從小學到現在考試成績經常是學年第一名，體能檢測是從國中開始，也總是學年第一名。

而且他非常擅長縫紉和料理，似乎很受班上同學歡迎。

我一開始覺得他在說謊，但他給我看了許多同班同學以他為中心圍繞著他拍攝的照片，讓我驚訝地發現他真的很有人緣。

既然這樣，考試和體能檢測的事應該也是真的吧。

「……明明長得一樣，為什麼能力會相差這麼多啊。」

「？優輝你那麼沒用嗎？」

就在我聽了昴希的事而感嘆不已時，他非常直接地這麼問我。

「什麼沒用，你說話可以委婉一點嗎……哎，雖然我的確是很廢啦。」

這次換我說起關於自己的事。

我平常絕不會跟才第一次見面的對象說這種事，但不知是否因為昴希散發著開朗氛圍，還是因為小玉不見了讓我很寂寞，這時我能毫無抗拒感地說出這些事。

我告訴他我在小學與國中時因為無論如何都想變成「特別」的存在，挑戰了各種事情。

但不管做什麼都失敗，結果得知了自己什麼都不會。
最後甚至發現弟弟比較「特別」，幾乎每天都會被父母拿來做比較。
明明如此，我卻在今年的文化祭又試圖成為「特別」的存在。
然後再次被迫認知到自己無法成為「特別」的存在。
我把所有事情都告訴了昴希。
「這樣啊……優輝你努力過了呢。」
只見昴希稍微流下了眼淚。為什麼是你在哭啊……
「哎，就算努力，也沒發生什麼好事就是了。」
是因為跟昴希聊了不少嗎？我開始能正常地說話，不會語塞了。
聽到我這番話，昴希搖了搖頭。
「什麼沒發生好事……沒那回事喔。那些經驗一定可以在將來派上用場——」
「怎麼可能啊。不管做什麼都一帆風順的你懂什麼？」
我語氣有些強烈地否定之後，立刻回神發現自己又說錯話了。
然而我看向昴希，不知為何他卻在笑。
「我本來以為優輝你只是個有溝通障礙的膽小鬼……但你也有挺熱血的一面呢。」
「那什麼意思啊。話說，什麼有溝通障礙的膽小鬼，也太沒禮貌了吧。雖然是事實，請你現在立刻收回那句話。」
不過，昴希只是感到滑稽似的笑著說：「我才不要～～」……這個混帳。
就在我像這樣對昴希感到煩躁的時候——他說了出乎意料的話。

「欸，優輝，你要試著跟我交換看看嗎？」

……啥？這傢伙在說什麼啊？
「你說交換……為什麼？說起來，要怎麼交換？」
「要說怎麼交換，既然我們長得一模一樣，應該行得通吧。而且我們身高也差不多，聲音也很相似，綽綽有餘啦。」
的確就如同昴希所說，比起長相不同的人要交換身分，我跟他交換身分這件事本身或許沒那麼困難……可是——
「那麼，為什麼我跟你有必要交換身分啊？」
「與其說有必要……我覺得這對你而言應該是件好事吧。」
「好事？哪裡好了？」
我這麼詢問，於是昴希咧嘴一笑——

「因為優輝你想成為『特別』的存在對吧？」

他用彷彿看透了我的語調這麼說了。

「你這樣就像在說自己很『特別』耶。」

「就你剛才說的話來想，我應該相當『特別』吧。而且我剛才沒提到，我的父母也很愛我，假如你跟我交換身分，我想在這方面也會發揮正面作用吧。」

昴希毫不害羞地這麼說道。他居然自己說父母很愛他？

……先不提父母有多愛他這件事，假如跟昴希交換身分，即使只是表面上，我也能變成「特別」的存在……但是，那並非我追求的「特別」。

免費享用別人擁有的能力和累積起來的成果而變得「特別」這種事……根本不值一提。

「我說啊，就算是一無是處的我，也是有自尊的。我絕不想跟你交換身分。」

「你拒絕的方式真過分耶……可是真的好嗎？跟我交換身分的話，你就沒必要對優秀的弟弟懷有自卑感，父母也會一直溫柔對待你，還有許多朋友陪你一起玩，棒呆了耶。」

昴希像在誘惑我似的列出交換的好處，我不禁想像了起來。

……老實說，感覺會非常快樂。因為至今發生太多難受的事，我的內心動搖起來。

「而且也不是一直交換喔。不然先試著從今天交換到明天如何？」

昴希更進一步追加了一日限定這種誘惑。如果只是一天……他是想讓我改變心意吧。

可是！我並不希望跟昴希交換身分來變得「特別」，而且那樣不能說是在真正意義上變成「特別」的存在吧。所以我——

正當我準備再次拒絕昴希的提議時，放在他旁邊的狐狸面具忽然映入我的眼簾。

……我維持現在這個樣子，小玉真的會願意回來嗎？

並不是已經確定小玉是因為我沒用才消失不見……可是從小玉消失的時間點來看，也不能斷言絕不是因為這樣。

假如小玉是因為受不了一無是處又沒用的我才消失不見——

照這樣下去，我就一輩子都見不到小玉了嗎？

我知道這只是因為小玉不見，感到沮喪的我這麼妄想而已。

……但是，如果現在的我能稍微改變，即使只是交換身分這種形式，也能成為「特別」的存在——小玉說不定會回來。

此刻我不禁這麼心想。

「……要交換也可以。」

「咦！真的嗎？」

「對。就按照你說的，從今天交換到明天吧。」

我這麼回答，於是昴希很開心地高舉雙手喊著：「太棒了～～！」他是小孩子嗎？

「可是，昴希你為什麼這麼想交換身分？總覺得你跟我交換沒有任何好處耶。」

「這當然是為了你——雖然很想帥氣地這麼說，但其實是我對很受歡迎的自己感到厭倦了啦～～別人常常對我有所顧慮，我也經常得顧慮別人。」

昴希露出苦笑，這麼解釋。或許他本人真的覺得很傷腦筋，但對一無是處的我而言，實在是很奢侈的煩惱……換言之，我跟昴希交換身分，姑且也對他有好處嗎？既然這樣，就能不客氣地跟他交換身分。

「……那麼，要怎麼交換身分？總之先換穿衣服嗎？」

「說得也是呢！我們得換上彼此的衣服才行！」

昴希起勁地開始脫衣服。雖說都是男生，他都不會猶豫嗎？

看到這樣的他，我也覺得感到害羞的自己有點蠢，便開始脫衣服。

這時，我抬頭仰望天空，不知不覺間雨已經停了。

我一直在跟昴希說話，都沒發現……

不知剛才下的是不是雷陣雨，現在是清澈的藍天，太陽朝氣蓬勃地看著我。

這該不會是在替我加油吧？

還是說——

◇◇◇

「我說，可以問你一件事嗎？」

換好衣服後，為了交換身分，我們首先前往昴希家。

他家似乎離神社並不遠。

「什麼事？衣服應該已經乾了吧？畢竟說是淋濕，也只有一小部分嘛。」

「是沒有濕透啦……可是這件像法被又像連帽外套的衣服是怎麼回事？」

昴希的褲子很普通，但披在外面的衣服真的就像把法被與連帽外套融合的衣服。即使是對時尚沒什麼興趣的我也覺得這樣很帥氣，但以平常穿的衣服來說感覺相當花俏。

「那是我自己製作的原創連帽外套喔。很潮吧？」

「……我可以脫掉嗎？」

「為什麼！」

昴希驚訝地瞠大了眼。

「因為這件連帽外套要在平常穿感覺太那個了，再說現在可是夏天耶。本來就熱死人了，還要穿這個誰受得了啊。」

「不行啦！那可是我的註冊商標耶！」

「咦咦～脫掉也沒差吧？」

「順帶一提，要是脫掉那件外套，我們交換身分的事就會立刻穿幫喔。」

「為什麼啊！」

這次換我嚇了一大跳。

「因為我平常都會穿著那件連帽外套嘛～要是被家人或朋友在洗澡以外的時候看到我脫掉那件外套，他們會覺得：『你是誰啊！』」

「……真的假的？」

「真的，沒騙你，千真萬確。」

語調突然認真起來的昴希讓我感受到他並沒有在說謊。

即使想脫也不能脫掉……這是什麼詛咒的裝備嗎？

「那這個面具呢？」

我順便先問了狐狸面具的事。搞不好這也是詛咒的裝備。

「那個面具是去年夏日祭典時買的，我只是沒來由地想戴著，所以隨你高興。」

「……是這樣嗎？」

「——喔，在講這些話的時候，已經抵達我家了～！」

我跟昴希停下腳步，在我們眼前的是一看就像有錢人住的大豪宅——當然沒這回事，只是非常普通的住宅。

「總覺得……是很普通的房子呢。」

「你真沒禮貌耶～大部分的人都是住普通的房子吧。」

「不是，那個……我只是覺得無所不能的人應該也會住在高級住宅。」

「怎麼可能有那種事。我是不知道你家的情況，可是你弟弟也很優秀，卻不是住在高級住宅裡吧？」

「的確。」昴希這番話說服了我。接著他輕輕拍了我的肩膀。

「哎，總之你就好好努力，不要被發現我們交換身分。我也會加油的。」

「咦，你要走了嗎？」

「你怎麼露出好像很不安的表情啊。需要我給你一個臨別之吻嗎？」

昴希耍帥地拋了個飛吻給我……拜託別用跟我一樣的臉做這種事啦。

「我不需要那種東西……你沒有要給我什麼建議，像是這麼做不容易穿幫之類的嗎？」

「盡可能不要脫掉連帽外套！還有模仿我！就這樣！」

「這些建議還真隨便……」

在我感到有點傻眼時，昴希看似愉快地笑了。

「話說，昴希你那邊沒問題嗎？不用擔心會穿幫嗎？」

「萬一穿幫就到時再說吧！我也很擅長模仿人，可以靠氣勢蒙混過去！」

昴希比著V字手勢，表現出游刃有餘的模樣。

他未免太樂觀了吧……這傢伙的內心跟鬼一樣強大嗎？

「那我也出發到優輝家吧！腳踏車給我！」

我把自己一路牽到這裡的腳踏車交給昴希，於是他騎了上去。

或許因為我們身高幾乎一樣，就算沒有特別調整，腳踏車的座墊高度也正好適合。

「我姑且是把我家地址告訴你了，但你真的知道在哪嗎？」

「我知道啦！要是有問題，我會用你的手機搜尋！」

昴希秀出我的手機這麼說了。為了避免在交換身分時發生不方便的狀況，我們就連手機都交換了……哎，只是一天的話，應該沒問題吧。大概。

「那再見啦，優輝！加油喔！」

昴希笑著這麼說完，騎著腳踏車離開了。

「加油喔」……是要加油什麼啊。

「……總之，先進去看看吧。」

我身上沒鑰匙，一直站在這邊發呆也不是辦法，因此我按下昴希家的門鈴。

老實說，我當然是第一次跟某人交換身分，所以相當緊張。

心臟現在也是怦怦跳個不停。

我是否能順利扮演昴希呢？

然後，即使只是表面上也好，我是否能暫時成為「特別」的存在呢？

——玄關的大門打開了。

◇◇◇

「今天是昴希你最愛吃的咖哩飯喲～」

唱歌一般興高采烈地這麼說道的人，是昴希的母親。

我一進昴希家，她就對我說「歡迎回來」，然後非常關心我（正確來說是關心昴希），問著：「剛才下雨了吧？你沒淋濕嗎？」「晚餐已經煮好了，但你也可以先去洗澡喔。」

她的年紀應該跟我媽媽一樣，差不多四十幾歲。雖然有點福態，從散發的氛圍可以清楚感受到她應該很溫柔。

「謝……謝謝您——謝謝妳，媽媽。」

我感謝準備了似乎是昴希最愛吃的咖哩飯的昴希母親。

儘管差點用了敬語，但勉強改了過來，也沒有被昴希母親懷疑。

順帶一提，在來到這裡前，我已經跟昴希分享了對彼此家人的稱呼方式。

於是昴希母親露出微笑，對我說：「你不用為了這種事一一道謝。」……她簡直就像母性的集合體。

「昴希！你抓到獨角仙了嗎？」

接著向我搭話的是昴希的父親。他的年紀也跟我爸爸一樣差不多是四十幾歲，外表感覺就是個普通的大叔。

聽說他今天因為上早班，比平常早回家。相對於昴希母親跟我媽媽一樣是全職主婦，昴希父親似乎是普通的上班族。

或許因為這樣，據昴希所說，父親至今從未叫他要好好念書還是好好運動。當然彷彿母性集合體的昴希母親也不曾說過那些話。

「今天……有點失敗，沒抓到呢。」

「這樣啊……不過沒關係，要是下次能抓到就好了！」

昴希父親像這樣鼓勵我。一般來說，不會有父親只是因為小孩沒能抓到獨角仙，就願意這麼鼓勵小孩。

……昴希的父母會不會溫柔過頭了啊。

「孩子的爸，先別提獨角仙的事了，來吃晚餐吧。畢竟昴希下午一直在外面活動，肚子一定餓了。」

「說……說得也是！我們快點一起吃晚餐吧！」

在兩人的催促下，我坐到座位上。

昴希的家庭成員只有昴希母親、昴希父親以及昴希自己，所以在場的所有人就是完整的小川家了……雖然混了一個別人家的小川啦。

不過，目前並沒有被他們兩人發現。說不定出乎意料地能就這樣順利與昴希交換身分到明天。

果然長得一模一樣的話，就算是很親近的人也不會發現啊。

「「「我開動了。」」」

我們三人一起雙手合十這麼說道，我暫且脫掉了連帽外套。

畢竟要一直穿著，萬一沾到咖哩醬汁就麻煩了。雖然昴希忠告過我，不過吃咖哩時暫且脫掉應該沒關係吧。

「昴希？你要脫掉連帽外套嗎？」「你明明平常都不會脫掉的啊。」

隨後，昴希母親與昴希父親立刻指出這一點，而且他們用相當疑惑的眼神看著我……真的假的？吃咖哩時脫掉外套也會讓人有這種反應嗎？

「我……我覺得好像有點熱。」

「就算很熱，你平常也不會脫掉外套啊。」「你絕不會脫掉呢。」

「……開玩笑的啦。我只是不小心搞錯才脫掉的。」

我稍微模仿昴希的語調這麼說，然後再次穿上連帽外套。

這讓他們兩人露出感到安心似的表情。

……照這樣子看來，真的不能隨便脫掉連帽外套耶。真麻煩。

之後我就這樣穿著連帽外套吃了熱騰騰的咖哩。

理所當然地，熱得要命。

吃完咖哩後，我看到昴希母親在洗碗盤，因此決定幫忙。

一方面也因為是在別人家，再說我在自己家時也會幫忙洗碗盤。

「昴希，謝謝你總是幫忙洗碗。」

「不，這沒什麼大不了的啦。」

我盡可能用昴希那種感覺來說話，緊張感也慢慢舒緩下來，感覺開始習慣這種狀況了。

話說，照昴希母親剛才的說法，昴希平常也會幫忙洗碗……雖然他的確像是會幫忙做家事的人就是了。

「哪會沒什麼大不了。謝謝你。」

「……嗯。」

昴希母親再次真心誠意地向我道謝——我覺得非常高興。

這麼說來，我媽媽從來沒有稱讚過我。

……原來如此。所以我才會這麼高興。

但在同時，交換身分這件事也讓我稍微產生罪惡感。

因為她說的話其實都是在對昴希說的。

……不過在吃晚餐的時候，昴希母親與昴希父親一直聊天，有時是昴希母親說些無關緊要的八卦；有時是昴希父親說些趣聞，總之有很多溫柔的對話，我聽得非常開心。

至少不是每晚都會被拿來跟弟弟比較，讓人呼吸困難的餐桌。

這是因為昴希母親與昴希父親兩人都很溫柔嗎……不，儘管這一定也是原因之一，但昴希本來就是個「特別」的存在，才能在這麼溫柔的氛圍下吃晚餐吧。

假如昴希跟我一樣是個一無是處的人，就算不至於像我家那樣，我想氣氛也會變得有點陰暗。

「……？昴希，你怎麼了嗎？」

或許是察覺到什麼了，昴希母親露出很擔心似的表情。

「咦……沒事。沒什麼啦。」

我為了讓她安心而這麼說，然後繼續洗碗。

◇◇◇

洗完碗盤後。我洗好澡，前往自己位於二樓的房間——應該說是昴希的房間。房間的位置我也直接聽昴希說了。

順帶一提，關於那件像法被一樣的連帽外套，我原本穿的那件拿去請昴希母親幫忙洗，現在穿的是第二件……雖說可能會穿幫，睡覺時還是脫掉吧。

話說，昴希那傢伙到底有幾件這款連帽外套啊……

「打……打擾了。」

昴希的房間沒有什麼奇怪的地方，感覺就像普通高中男生的房間。

不過，他不愧是腦袋聰明，房間裡有堆積如山的參考書，這點跟秀也的房間有點相似。

「咦！這傢伙也會玩《瑪路歐派對》啊！」

我發現架子上有《瑪路歐派對》的遊戲片，大吃一驚。

昂希這傢伙，完全沒提到他會玩《瑪路歐派對》……不過我也沒跟他說我喜歡打電玩就是了。

那麼，現在該不該來玩《瑪路歐派對》呢？真讓人猶豫。

明明跟昂希交換了身分，卻像平常一樣玩《瑪路歐派對》的話，好像也不太對……

經過一番思考之後，結果我把手上拿的《瑪路歐派對》放回架子上。

現在的我好歹是昂希，像優輝時那樣一個人玩遊戲……總覺得不太對。如果要玩，真希望可以跟其他人一起玩……畢竟我從來沒有跟弟弟以外的人一起玩過遊戲。

但是，就算昂希有很多朋友，我也沒辦法用他的手機約朋友在這麼晚的時間一起玩遊戲。一方面是因為我沒那個膽量，再說我也不曉得昂希是不是會在晚上約朋友一起玩遊戲的人，所以一個搞不好，我們交換身分的事就可能會穿幫。

「……反正也沒事做，睡覺吧。」

因為交換身分，在很多方面感到疲憊的我最後決定鑽進被窩裡休息。

話說回來，明明只是吃了晚餐，然後洗碗和洗澡，卻累到不行呢。

……可是，昂希的父母都很溫柔，跟他們相處很快樂。

我回想著跟昂希的父母相處的時間，同時進入夢鄉。

當晚，我好久沒睡得這麼舒適了。

◇◇◇

隔天早上。我在昴希的房間醒來後，直接走下一樓前往客廳。

順帶一提，睡覺時脫掉的連帽外套，我醒來就立刻穿上了，以免忘記。

昴希的父母已經待在客廳，兩人都向我道早安，因此我也回打招呼。這種事在我家也是不會發生呢……

接著我們三人一起享用昴希母親親手做的早餐。跟昨晚一樣，這時也在溫柔的氛圍下度過早餐時光，感覺非常快樂。

然後昴希父親去上班了。昴希母親似乎也跟其他同學的媽媽有約，出門赴約了。

因為昴希跟我一樣開始放暑假了，跟他交換身分的我無事可做，便留下來看家。

「……要做什麼好呢？」

我跟昴希事先決定好要交換到今天傍晚，所以還有時間……我這麼心想，躺在客廳地板上。

感覺超級放鬆，甚至覺得比待在自己家時更能放鬆。

對了，不知道昴希在做什麼。

搞不好他一下就穿幫了……雖然這麼心想，但既然過了一天也沒發生什麼事，表示他那邊也沒穿幫吧。那樣倒也讓人鬆了口氣……不過總覺得心裡怪怪的——

——呃，我想這些做什麼啊？我現在可是昴希，得做些像那傢伙會做的事情才行。就算只有表面，不這麼做就沒有變得「特別」的意義了。

……話雖如此，像昴希會做的事情是什麼？去找獨角仙就行了嗎？

就在我思考著這些事情時，昴希的手機忽然響了。

怎……怎麼回事？我驚訝地拿起手機一看，只見螢幕上顯示著「天道」兩個字。好像是這個人打電話過來了……大概是昴希的朋友。

儘管也可以不接電話……但假如那麼做，就真的沒有跟昴希交換身分的意義了。

「你……你好。喂？」

『嗨，昴希！』

我戰戰兢兢地接起電話，於是傳來一個明顯是陽光少年的帥氣聲音……不妙，我一下子緊張起來了。

『我說，今天可以去你家嗎？』

「咦……為……為什麼？」

『那當然是因為想跟你一起玩啦。三葉跟夜見也在喔！』

一起玩？而且不是兩個人，是四個人？這對除了小玉，這輩子從未跟朋友一起玩過的我來說，門檻實在有點太……

『應該說，我們已經到你家啦。所以拜託你啦～』

「咦咦！」

陽光少年——天道同學的發言讓我不禁從客廳窗戶窺探外面。

只見有帥氣三人組站在玄關前，而且他們發現了我，朝我揮著手。糟……糟了。本來在最糟的情況下，還可以說我不在家來婉拒。

既然事已至此，只能讓他們進來家裡了。

我無可奈何地打開玄關大門，於是型男三人組走進昴希家。

「打擾了～！」

「喂，這可是別人家，你稍微客氣點啦。」

「突然就跑上門來，對不起喔～」

其中一人像在自己家一樣走進客廳，另一個人提醒他注意禮貌，還有一個人為突然造訪一事向我道歉……固然是請他們進來家裡了，但接下來該怎麼辦？

「好啦，現在要玩什麼？」

正當我對現狀感到傷腦筋時，不知不覺間他們已經開始在客廳討論要玩什麼了……我接下來真的要跟這些人一起玩嗎？我都還沒搞清楚他們分別叫什麼名字耶。我姑且聽昂希說過關於他朋友的事，但他的朋友實在太多，我幾乎都記不得了……

「欸，昂希，要玩什麼啊？」

在我稍微怨恨起昂希朋友太多的時候，其中一個型男忽然這麼問我。

他恐怕就是天道同學吧。因為他的聲音跟在電話裡聽到的一模一樣。

「要……要玩什麼好呢……對……對了，由天道同學你們決定就好嘍。」

突然被搭話的我心跳加速，仍這麼回應後——

「你在說什麼啊。平常決定我們要玩什麼的不都是昂希你嗎？拜託你嘍，隊長。」

天道同學瞬間愣了一下，然後如此回答。

隊……隊長……？

「就是說啊。平常都是昂希你決定的，今天也由你決定吧。」

「我們想做你想做的事情嘛。」

其他兩個型男也這麼說了。我本來就認為昂希沒有說謊，但總覺得現在才首次體認到昂希真的很受歡迎，是個「特別」的存在。

「可……可是由我決定這種事……」

雖說我一直想做些像昂希會做的事，但我真的可以自己決定要跟他朋友一起玩什麼嗎？

「？昴希居然會這麼猶豫……你是身體不舒服嗎？」

「如果是平常，很快就會決定好耶。」「對啊。」

天道同學感到不可思議，於是其他兩人也做出類似的反應。

不……不妙！照這樣下去，他們會發現我不是昴希！

「……我……我馬上就會決定了。我身體也沒有不舒服，天道同學！」

我迅速地這麼說道，於是天道同學露出鬆一口氣的表情。真……真是好險……

「話說你今天為什麼用姓氏叫我，還加上『同學』啊。跟平常一樣叫我朝陽啊。」

天道同學這麼說，露出牙齒笑了。

這……這樣啊。既然是昴希，感覺應該會用名字稱呼其他人……哎，就算我察覺到這點，也不曉得他們的名字，不管怎樣都沒辦法那樣稱呼就是了。

「抱……抱歉。朝陽。」

我道歉之後用名字叫他，於是朝陽很高興似的笑了。

或許是之前用名字稱呼昴希的效果，這次我能自然地說出口，不會覺得難為情。

「你該不會把我們的名字也忘得一乾二淨了吧？我是倉三葉，你要確實叫我三葉啊。」

「我是筑紫夜見，你就像平常那樣叫我夜見吧。」

其他兩個型男也要我用名字稱呼他們。

感覺比較中性的型男是三葉，比較強勢硬派的是夜見……好，我記住了。

「……所以，結果昴希你想玩什麼啊？」

「說……說得也是。我——」

又回到要玩什麼的話題，我仔細思考。

如果是要動腦的遊戲或運動，就算臉長得一模一樣，也很有可能被發現我不是昴希……

既然這樣，可以跟他們玩的遊戲只剩那個了。

——就是《瑪路歐派對》！

◇◇◇

「昴希，你今天運氣真差耶～～」

朝陽感到滑稽似的邊笑邊看著遊戲畫面。

我把遊戲主機搬到客廳，跟大家一起玩《瑪路歐派對》，結果朝陽是第一名，其他兩人展開拉鋸戰，只有我輸得落花流水，毫無疑問是最後一名。

不管擲幾次骰子，我每次都只能擲出1或2這種小數字，完全沒有前進，小遊戲也是輸得很慘。

雖然早就知道即使跟昴希交換身分，玩遊戲的實力也不會變，但想不到就連運氣也一樣差⋯⋯

「你連小遊戲也幾乎都贏不了，是狀況不好嗎？」

「真稀奇呢。」

或許是跟平常的昴希不同，三葉與夜見感到不可思議⋯⋯不⋯⋯不妙。我是也考慮到只是小遊戲很弱的話應該不會被發現真面目，才選了《瑪路歐派對》，卻立刻陷入快要露餡的危機。

「可是，昴希平常太強了，有這種日子也不錯吧？」

「說得也是！」「對啊！」

不過，他們三人擅自解釋，接受了這種狀況。可見他們對昴希的信賴就是這麼深厚吧。

⋯⋯話說，儘管我早有這種預感，昴希果然連玩遊戲都很強嗎？

他真的是無所不能耶⋯⋯

「好啦，接著要怎麼辦？再玩一次嗎？」

「昴希你決定吧。」「我也是做昴希想做的事就好。」

他們三人再次以我為優先。

第一次做決定時感覺有點愧疚，但我現在對這種事情以我為中心進展的狀況產生優越感……這麼說好像有點難聽，不過彷彿可以實際感受到此刻我存在於這裡的意義……內心湧現出這樣的情緒。

——噢，這就是變得「特別」的感覺啊。

老實說非常舒服。我打從心底希望多品味一下這段時光。

……可是，交換身分只到今天為止。

「再玩一次吧！」

之後我徹底化身成昴希，毫不猶豫地這麼說。感覺這一定是我今天最有精神的聲音。

「好喔～～！我會再次拿到冠軍。」

「這次一定是我贏啦。」「不對，是我會贏。」

朝陽他們很開心似的聊著天。這種時候，如果是昴希，會說些什麼呢？

這麼思考後，我也不服輸地向他們主張。

「你們在說什麼啊。這次一定是我會贏啦。」

然後我們甚至忘記要吃午餐，大家一起玩著《瑪路歐派對》。雖然我還是一樣輸個不停，但玩得非常開心！

之後昴希母親回到家裡，為我們煮了一頓有點晚的午餐，大家一起享用了。吃午餐時朝陽他們為了由誰坐我旁邊起爭執，還分了我愛吃（正確來說是昴希愛吃）的配菜給我。

雖說只是小事，這又讓我再次實際感受到自己存在於這裡的意義，覺得非常開心！

大家都看著我。

大家都需要我。

大家都為我展示我存在於這裡的意義、我活著的意義。

——「特別」真是棒呆啦！

◇◇◇

「慘了，感覺會遲到。」

跟朝陽他們吃完午餐後，就在他們回家的時候，我告訴昴希母親我要出門一下，然後急忙前往那間荒廢的神社。

雖說昴希家距離神社不遠，再過一會就是跟他約好的集合時間了。

不妙，我跟朝陽他們玩得太入迷了。

……可是，玩得很開心。

我回想跟朝陽他們相處的時間，同時奔跑著，於是在我彎過轉角後，一個出乎意料的人物現身了。

「松……松本同學……？」「啊。」

我不禁叫了他的名字，他有些驚訝地張大了嘴。

「你……你怎麼會在這裡？」

「因為我家在這附近啊。」

松本同學這麼回答我的問題……這……這樣啊。雖說以前讀同一間國中，但我一直在想松本同學家在哪裡，原來是在這裡嗎？

「你……呃，我記得叫小川對吧。」

「咦……嗯，對。」

聽到他突然叫我的名字，讓我嚇了一跳。一方面也是因為我們幾乎沒有機會交談，至今他一次也沒叫過我的名字。

「你穿著很猛的連帽外套耶。你不熱嗎？」

「這……這是……哎，一言難盡。」

聽到松本同學指出外套的事，我含糊帶過……話說，原本是要幹嘛？

就在我感到疑問時，松本同學說起了出乎意料的話。

「小川你以前跟我讀同一間國中吧。文化祭時有國中同學來看我們跳舞，那時以前跟你同班的人發現了你，說我們是同一間國中。」

「這……這樣啊……」

我這麼回應，但我並不曉得松本同學想做什麼，感到十分困惑。

我原本就知道他並不曉得我跟他同一間國中，也覺得無所謂……但他現在卻叫了我的名字，又提起以前念同一間國中的事，真搞不懂他。

「那……那我先走嘍。」

因為跟昴希約好碰頭的時間逐漸逼近，我試圖跟松本同學道別。

「先等一下。」

不過不知為何，松本同學叫住了我。

「什……什麼事……？」

「那個……文化祭時我站了中心位置，真是抱歉啊。」

他忽然拋出來的話語讓我大吃一驚。

松本同學就這樣接著說：

「我聽說你身體不舒服，想說既然這樣，就為了班上同學還有你站中心位置好了。不過仔細一想，應該讓你站中心位置才對。」

「沒那回事……我很慶幸是由松本同學你站中心位置。」

「可是，我聽班上同學說了。因為我是以社團活動為優先，之前都不曉得，聽說你很拚命努力練習舞蹈。」

松本同學用同情般的眼神看向我。這樣的他讓我有些煩躁。

我很努力，那又怎麼樣？松本同學的意思是比起在班上很受歡迎又會運動的他，應該把中心位置讓給在班上幾乎沒朋友又什麼都不會的我嗎？……就算他那麼做，我也一點都不會高興。

就算他那麼做……我也感受不到自己活著的意義。

「有一場夏日祭典每年都會在這個時期舉辦對吧？班上有幾個人約好了要一起去，小川你要不要也一起？」

是為了彌補自己站中心位置跳舞這件事嗎？還是他又在同情我了？

松本同學這麼邀請我，雖然覺得對他不好意思，但我一點都不開心。

答應這種邀約也未免太空虛，而且就算混在班上同學裡面跟松本同學一起去夏日祭典，也只會重新認知到他很「特別」，而我什麼都沒有。

「抱歉。我不會去參加今年的夏日祭典……我趕時間，拜拜嘍。」

「咦，喂——」

我無視松本同學的聲音，逃也似的離開現場。

或許是因為直到剛才都以昴希的身分度過，以優輝的身分跟他交談時的心情落差非常嚴重。

在這之後跟昴希在神社見面的話，交換身分就結束了。

恢復原狀後，我又要再次體會到這種心情了嗎……

而且是好幾次——好幾次——

◇◇◇

「啊，優輝〜」

跟松本同學道別後，我不停奔跑，勉強趕在約好的時間前抵達神社。

昴希在破爛不堪的拜殿前笑著朝我揮手。

「抱……抱歉，差點就遲到了……」

「反正都趕上了，ＯＫ啦。應該說就算你晚到一點，我也完全不會放在心上。」

我氣喘吁吁地把手撐在膝蓋上，昴希面帶笑容地這麼對我說。

我從昨天就在想了，雖然他總是在傻笑，但聽到我的往事會為我哭泣，溫柔的時候還是很溫柔。

「那麼，跟我交換身分之後覺得怎麼樣？應該說，有穿幫嗎？」

「勉強沒有穿幫……還有我明白了你真的很厲害。」

「真的嗎！真令人害羞呢～欸嘿嘿。」

「什麼欸嘿嘿……感覺好煩人。果然還是不該說出來的。」

「為什麼！太過分啦～」

昴希搖晃我的身體。原本穿著連帽外套就很熱了，可以不要靠這麼近嗎……真的很熱。

「欸欸，跟我交換身分好玩嗎？」

昴希期待似的這麼詢問。我一開始捏了把冷汗，擔心我們交換身分的事情會穿幫……但他的父母和朝陽等人會跟我聊天，陪我一起玩。

把我當成「特別」的存在對待——

「……嗯，滿好玩的。」

「這樣啊！太好了！」

昴希感同身受般替我感到高興……這傢伙是怎麼回事啊？

「昴希你那邊怎麼樣？沒有被發現不是我嗎？」

「完全沒問題喔！因為我很完美地化身成優輝了嘛～～」

「什麼完美，我們昨天才第一次見面吧。」

「因為只要演出懦弱的感覺，大致上就會變得很像你了。所以我一直像電玩遊戲的小嘍囉角色一樣──痛，痛痛痛！」

因為昴希開始口無遮攔，我狠狠地捏住他的兩邊臉頰往旁邊拉。

也因此他的臉像史萊姆一樣伸長了。

「你……你做什麼啊！」

「反正你跟我長得一樣，我弄個兩下也沒問題吧。」

「有問題喔，大有問題喔！」

昴希按住雙頰這麼訴說。

……不過，原來如此。雖說昴希的家人與朋友沒有發現我跟他交換身分，但我爸媽和秀也同樣不知道昴希扮成我。

一想到這些，心情就變得難以形容。

「？怎麼了嗎？」

或許是感覺到我不對勁，昴希一臉不解地這麼詢問。

「不，沒什麼。先別提這些，交換身分是到這個時間為止對吧？」

「嗯，之後就照約定恢復原狀吧。不過再多交換一天，感覺也會很有意思就是了～」

「……說得也是。換回來吧。」

要是再繼續交換身分，真的很可能會穿幫。

假如變成那樣，不曉得爸媽會怎麼說我。

跟秀也相比，為什麼你總是……感覺會過著比以前更常被拿來跟弟弟比較的生活。而且就算沒有惡意，在交換身分的期間，也是在欺騙昴希的父母和朝陽他們，所以我明白應該要換回來比較好。

……可是，這樣真的好嗎？

變回優輝後，我就不再是「特別」的存在了。會回到只能從外頭眺望著「特別」的人們，被拿來跟「特別」的弟弟比較的生活。

——不明白自己活著的意義。

「欸，昴希。」

「嗯？什麼事？」

忽然被呼喚的昴希露出呆愣的表情。

儘管還有些猶豫，我仍把現在內心的想法化為言語告訴他。

「我們要不要今後也像這樣偶爾交換身分？」

剎那間，昴希有一瞬瞠大了眼睛——然後笑了。

「不錯耶～我其實也想那麼做，因為很好玩嘛。」

「這樣啊……那就這麼說定了。」

因為昴希剛才說了覺得可以再稍微交換，事情發展大致跟我預測的一樣。

我會提議今後也偶爾交換一下，並不是因為我已經不想以優輝的身分活下去了。

……沒錯，是小玉。這是為了讓小玉回來。

如果我能因為以昴希的身分稍微變成「特別」的存在，讓現在的我本身稍微有所改變，小玉說不定就會回來。

這一切都是因為我希望喚回小玉這個朋友，今後我也會跟昴希交換身分。

理由就只是這樣而已。

「那麼，今後也請多指教啦！優輝！」

昴希笑咪咪地伸出手。

我再也不會猶豫，握住了他的手。

「嗯，多指教，昴希。」

就這樣，我跟昴希決定今後也偶爾交換身分。

這時，我想像著交換身分時的事情，感到雀躍不已。

——即使只是表面上，我又能成為「特別」的存在了！

第三章　小川優輝

跟昂希約好偶爾交換身分那天之後。我們在約定當天交換了彼此的聯絡方式，因此我有時會跟昂希互相聯絡並交換身分，與他的父母一起度過，或是跟朝陽他們玩，品嚐「特別」的滋味。

當然除了朝陽他們，也有其他昂希的朋友會來家裡玩，我也會跟他們一起玩遊戲之類的。當然他們也會把跟昂希交換身分的我當成「特別」的存在對待。

每次我都會以昂希的身分實際感受到疑似活著的意義。

雖然在內心某處，我明白這只是昂希很「特別」，我跟他不一樣……就算這樣，即使是以昂希的身分被當成「特別」的人對待，還是讓我不由得感到高興。是因為這個緣故嗎？儘管昂希的連帽外套依舊熱得要命，但我也開始有點中意了。

「完全不會被發現耶～～」

我跟昂希在荒廢的神社裡一起坐在石階上。就如同昂希所說，今天大概是我們第五次交換身分了，但彼此的家人都完全沒發現這件事。

順帶一提，我們兩人現在都換回了自己原本穿的衣服。

「一開始是提心吊膽地在交換，現在感覺越來越習慣了。」

「對啊！雖然我從一開始就很完美地模仿優輝你，不過最近更加洗鍊嘍！」

「那麼，你模仿我時是怎樣的感覺來著？」

「就是像遊戲的小嘍囉角色一樣——痛痛痛！」

我捏了昂希的雙頰。雖說是我設下圈套給他跳的，他還真是學不乖啊……

「可是，優輝！交換身分很好玩呢！」

昂希看起來真的很快樂似的這麼告訴我。老實說，我也跟昂希一樣覺得很好玩……但總覺得這樣是在欺騙昂希的家人，並非沒有任何罪惡感。

而且沒人發現昂希扮成我，當然就表示我的家人也沒有察覺到昂希並不是我。這也讓人……心情複雜。

「優輝……？」

或許是因為我突然沉默下來，只見昂希一臉擔心地看向我。

「……我說你啊，對於自己的家人沒有發現我跟你交換身分這件事，那個……你沒有任何感覺嗎？」

「嗯～～我沒什麼感覺耶。因為我跟優輝你長得一模一樣嘛！比起這個，只要交換身分很開心就行了吧！」

「你的思考方式還真隨便……不過我有點羨慕你這種性格。」

「對吧！」昴希用太陽般的笑容回應我這番話。明明長相一模一樣，但這傢伙看起來比較帥氣，是我的錯覺嗎……？

之後我們互相分享交換身分時發生的小意外或是有趣的事情。自從開始交換身分，我們兩人的話題一直是這些。

「……對了，就快到夏日祭典了呢。」

跟昴希聊到一半，看到他身上那件像法被一樣的連帽外套，讓我忽然想起這件事。

「是狐火祭對吧？優輝你會去嗎？」

「不，我大概……應該說我絕對不會去。」

在進高中就讀前完全沒朋友的我，除了小學有一次跟秀也一起參加祭典，從來沒有去過夏日祭典。

不過去年我有跟小玉一起觀賞了在夏日祭典的最後施放的煙火。

那些煙火是爺爺跟爺爺的同事們製作的煙火，我現在依然記得那些煙火美麗得讓我大吃一驚。

可是今年因為小玉不在，我一定沒有理由去參加夏日祭典還有觀賞煙火吧。

「是喔——哎，但我八成會有朋友約，會參加就是了。」

「你的說法很煩人耶……」

「對吧～～」昴希好勝地回應我這番話。啊～～煩死人了，他明明很煩人……卻沒辦法討厭他。這就是他受歡迎的理由之一嗎？

「啊，說到狐火祭，你知道他有個別稱嗎？」

「是劣等祭對吧？很有名嘛。」

以語感來說感覺像是有負面的意思，但其實並非如此，這個別稱的由來據說是對參加祭典的平凡人，或者在平凡以下——也就是劣等的人來說，那一年會發生好事。

例如一直坐板凳的棒球隊學生能成為主力球員；當了好幾年普通員工的人突然出人頭地；或是沒沒無名的美術家突然變得世界聞名等等。

……雖然終究只是傳聞就是了。順帶一提，我小時候參加過祭典，但並沒有發生類似傳聞中的好事，所以根本不相信這件事。

「答對了！我就摸摸你的頭當獎勵吧。」

「別鬧了，很煩耶，熱死人了。」

昴希將手放到我頭上，於是我立刻揮開他的手。這讓昴希露出看似不滿的表情……不，這是理所當然的反應吧。我可不是你的弟弟還什麼耶。

「……好啦，我差不多該回家了。再說你也不肯讓我摸頭。」

「怎麼可能讓你摸啊……話說我也沒事，要回去了。」

我們兩人一起站起來後，移動到神社所在的森林入口。

「那拜拜嘍，優輝，下次要交換時再見吧。」

「好。拜啦，昂希。」

我們就這樣道別了。第一次見面時覺得這傢伙是怎樣，但現在已經成了朋友……不曉得算不算是朋友，總之我們變得相當要好。

不管怎麼說，昂希都是個很好的人嘛。

所以才能成為「特別」的人吧。

另一方面，我——想這些也沒用吧。可以不用再想這些事了。

反正我無法變得「特別」。

跟昂希交換身分後，我重新感受到了。

這個世界有能變得「特別」的人與無法變得「特別」的人。

而我是後者。就只是這樣罷了。

對了，我會跟昂希交換身分，好像是為了讓小玉回來？

我的確是希望小玉回來！我非常希望牠回來！

……可是，總覺得……該怎麼說……思考這些事情……

——讓我覺得好累。

◇◇◇

在暑假過一半的時候。今天沒有跟昂希交換身分，因為媽媽託我買東西，我走在街上。今天似乎在夏天當中也是相當炎熱的一天，一想到如果要穿著昂希那件連帽外套……感覺就像恐怖故事耶。

「Havoc～～！Havoc～～！」

在天氣熱到身體彷彿要融化的時候，傳來了意義不明的歌聲。

在人行道的邊緣，有一個長髮大哥拿著吉他坐在地上。

他有著詭異的外表，但我……應該說住在這附近的人都知道。這個人通稱「Havoc大哥」，從去年秋天開始就經常在同一個地方唱著連呼「Havoc」這個詞的歌。真是個不可思議的大哥。

順帶一提，他的歌喉就跟職業歌手一樣動聽。正因如此，他似乎很少被警察盤查。

……總之，今天也先無視這位大哥吧。

「好想吃冰喔～」

本來就熱到不行，在外面走路讓體溫又更往上升，我不禁吐出這樣的話語。不過，我手邊只有媽媽給我買東西用的錢，我認為應該用不到就沒帶自己的錢包出門。

早知道就帶錢包出門了。我一邊這麼哀嘆一邊前進。

於是我看見前方有個人影拿著我現在最想吃的冰走了過來……真好。正當我感到羨慕時，那個人影慢慢走近我——！

「居然是丸谷……！」

「啊，小川同學。」

一手拿著冰走在路上的是丸谷。她家跟我家好像相距不遠，但我不是很清楚位置。

然而，我偶爾會像這樣在假日遇見她。

「那個……小川同學你要去哪裡玩嗎？」

「不，是我媽託我幫忙買東西。而且我幾乎沒有那種可以跟我一起出門玩的朋友吧。」

「咦……這……這樣啊。對不起。」

「啊，抱歉，我並不是想要妳道歉……」

一陣尷尬的氣氛飄散在我跟丸谷之間。

文化祭那天，我跟丸谷好好地和好了……但總覺得產生了一點距離，無法徹底恢復成像之前那樣的關係。

「妳的冰是在哪裡買的啊？」

「……在那邊的超市。」

「正好是我等一下要買東西的地方耶。那我也去那邊買冰好了，就用我媽給我用來買東西的錢。」

「嗯～～那樣應該不行吧。」

「果然不行嗎～～」

即使像這樣閒聊了幾句，之後彼此還是陷入沉默，氣氛變得有些凝重。

……看來我趕緊離開比較好。

「那我先走嘍。」

「啊……唔，嗯。」

我這麼告訴丸谷後，經過她身旁往前進。

「小……小川同學。」

不過丸谷忽然叫了我的名字。

「？什麼事？」

我轉頭這麼詢問，於是她看起來有點緊張的樣子。

她不要緊嗎？正當我這麼擔心時，她下定決心似的對我這麼說了：

「那個……要……要不要一起去夏日祭典？」

聽到丸谷這句話，我驚訝得有一瞬間說不出話來。

因為這是第一次有人邀我一起去夏日祭典。

「夏日祭典……是說狐火祭嗎？」

「唔，嗯……我……我希望能跟小川同學一起去逛。」

丸谷這番話讓我非常開心。

我也強烈地想跟丸谷一起去夏日祭典……但是——

「……對不起。我今年有事，沒辦法去逛。」

我婉拒之後，丸谷稍微低下頭，低喃了聲：「……這樣呀。」

看到這樣的她，我的胸口感到痛苦。

……就算這樣，我還是不能跟丸谷一起去夏日祭典。至少今年不行。

去年我跟小玉一起度過了夏日祭典，真的覺得很快樂。

所以今年就算跟丸谷一起去夏日祭典，也一定會想起不知上哪去了的小玉。那樣對丸谷太失禮了。

「……真的很對不起。」

「沒關係，既然有事，那也沒辦法呢。」

丸谷搖了搖頭，這麼安慰我。

這時我的胸口又刺痛了一下。但就算跟丸谷一起去夏日祭典，感覺也會因為我搞得氣氛尷尬……所以這樣就好——我這麼說服自己。

之後我跟丸谷道別，前往超市。

明明天氣熱得不得了，這時我卻覺得胸口深處有些冰冷。

◇◇◇

「喔，優輝。」

還在暑假期間的某一天，我來到了爺爺家。

爺爺像平常一樣坐在外廊，撥弄著煙火球。

「嗨，爺爺。」

「工作夥伴拿了西瓜給老夫，要吃嗎？」

「真的假的？我要我要。」

我坐到爺爺身旁，於是爺爺站了起來，去拿了西瓜過來。

西瓜已經切好，不知是否放在冰箱冰著，非常冰涼。

感覺好好吃。

「你最近很忙嗎？」

「嗯？怎麼這麼說？」

聽到爺爺這麼問，我一邊大快朵頤一邊這麼反問。

「因為從你上次來之後，有好一陣子都沒露臉了。」

「哎，是沒錯啦……」

的確就跟爺爺說的一樣，暑假期間我一直在跟昴希交換身分，所以這其實是放暑假後我第一次來爺爺家。

「有很多原因啦。」

「明彥和清香又說了什麼嗎？」

「不，不是不是。」

爺爺這麼擔心我，但我搖了搖頭。

……雖然爸媽還是一樣老愛拿我跟秀也比較。

「怎麼啦，爺爺，你那麼擔心我嗎？還是說你就那麼想見我？」
「當然都有啦。老夫會擔心自己的孫子，也會想見孫子啊。」
「這……這樣啊……」
爺爺直率的話語讓我有點困惑。
雖然只是隱約有這種感覺，爺爺年輕時應該很受歡迎吧。
「爺爺今天弄的煙火球比平常更大呢。」
「是啊。老夫想用在這次的狐火祭。」
狐火祭。聽到這個詞，我想起自己拒絕丸谷邀約的事，心情變得有點複雜。
「優輝你會去狐火祭嗎？」
「不，我不會去。」
「你不去嗎？為什麼啊？」
「沒有為什麼。」
我這麼告訴爺爺，於是他沒有再追問下去，但露出了遺憾的表情。
「本來是想給優輝看很壯觀的煙火呢。」
「就算你這麼說……」
……反正明年也能看到爺爺的煙火，沒什麼關係吧。

而且——

「而且說是想給我看，但只要是自己的孫子，就算不是我，你也覺得沒差吧。」

跟昴希交換身分時，我這麼想了。昴希因為是「小川昴希」，父母和朝陽他們才會對他很好，還有擔心他。因為對大家而言，「小川昴希」是很重要的存在，他們總是把昴希當成「特別」的人來對待，展示他活著的意義。

可是爺爺會對我很好，一定是因為我是他的孫子。

並非因為我是「小川優輝」。

「的確，秀也對老夫來說也是可愛的孫子，老夫也想讓他看看煙火。」

「看吧，果然沒錯。」

「……可是，優輝你有很多跟老夫相似的地方，還有該說是感性嗎？總覺得你在這方面也跟老夫一樣……聊起來很開心的對象是優輝你喔。」

爺爺這麼說完，平常一臉凶狠的他溫柔地露出笑容……爺爺。

「就算爺爺你這麼想，媽媽跟爸爸可就難說了。」

「明彥與清香一定也很重視你的。」

「那是因為我是他們兩人的兒子嗎？」

我這麼問，於是爺爺緩緩地搖了頭。

「是因為你是優輝。」

「是……是這樣嗎……？」

「你怎麼露出沒什麼自信的表情啊。要是那麼在意，直接問他們怎麼樣？」

「你說直接問……」

「想問的事情只能直接詢問本人吧？還有把你想說的話也告訴他們吧。不然會一輩子都在心裡留下疙瘩喔。」

爺爺慫恿似的這麼說……這也是爺爺表現溫柔的方式吧。

這麼說來，我從來沒問過爸媽是怎麼看我的，也沒有好好跟他們說過我內心的想法。

如果照爺爺說的，直接問爸媽，還有把我的想法說出來——

跟他們兩人好好溝通的話，會有什麼改變嗎？

「鼓起勇氣試試看吧。」

就在我還猶豫不決時，爺爺用拳頭敲了一下我的胸口。

這樣的爺爺這次很帥氣地露出笑容。

爺爺至今一直充滿耐心地聽我發牢騷，並且試圖鼓勵我，如果是爺爺說的話，應該可以相信吧。

我這麼心想——下定了決心。

「我會試著跟爸媽他們好好溝通。」

我這麼宣言，於是爺爺彷彿要給我勇氣，又輕輕敲了我的胸口說：「加油啊！」……有點痛耶，爺爺。

可是接下來跟父母好好溝通後，如果有好結果——我說不定可以踏上跟以往截然不同的人生。

這時的我抱持了這樣的期待。

◇◇◇

從爺爺家回來後，立刻就到了晚餐時間。

今天因為爸爸比較早下班，我們全家四人一起圍著餐桌吃飯。

在決定跟父母好好溝通後就碰到這樣的巧合，感覺是個好兆頭。

「哥哥，你去了爺爺家對吧？怎麼樣？」

就在我一邊摸索該在什麼時候開口，一邊吃晚餐的時候，秀也這麼問了。

「你問怎麼樣……就跟平常一樣啊。爺爺很有精神喔。」

「真的嗎！要是沒有補習班的暑期講習，我也可以去看爺爺的耶。」

秀也用羨慕的眼神看向我。暑假期間，跟一直很閒的我不同，秀也每天都會去上補習班。他明年有大考或許也是原因，而且他預定報考的高中偏差值很高，不從現在開始準備的話不行吧……雖然我也一樣明年有大考就是了。

「優輝你也別老是在玩，真希望你向秀也看齊。」

「就是說啊。」

媽媽一邊吃飯，一邊順便碎唸了一下，爸爸則是露出遺憾的表情。

「爸、媽，你們好了啦……！」

不過秀也用銳利的視線看向他們後，他們就沒有再多說什麼了。

我又像平常一樣被弟弟保護……我到底在做什麼啊。

我已經決定要好好跟父母溝通了。

根據溝通的結果，說不定可以不用再出現這樣的對話。

不，不只是跟父母，乾脆趁現在連秀也也在，一家人一起好好溝通。我想問大家怎麼看我，想把我的想法說出來。

所以……所以我！

「我……我說啊——」

「哥哥，我可以問你一下嗎？」

就在我下定決心開口的瞬間，秀也忽然向我搭話了。

怎……怎麼偏偏挑在這種時候跟我搭話啊……

「哥哥最近偶爾會變得非常開朗，那是怎麼回事啊？」

正當我在心中哀嘆時，秀也問了有些莫名其妙的問題。

我想秀也一定是為了讓被拿來跟他比較的我開心一點，才拋出這個話題……但我完全不懂他的意思。

變得非常開朗？他在說什麼？

「那個啊！你有時會突然說『我要講個不會冷場的故事～～』不是嗎！就是那時候！」

「你說不會冷場的故事……！」

好像在哪裡聽過——正當我這麼心想……我想起來了。

秀也說的我一定不是指我本人，而是跟我交換身分時的昴希。

那傢伙哪有完美地變身成我啦，根本沒有模仿成功嘛。

他只是以昴希的身分在我家過夜。

……真是夠了，他這麼隨興，居然到現在都沒有穿幫。

「可以的話，我覺得那時的哥哥比較好喔！因為哥哥本身感覺非常快樂的樣子！我也很快樂！」

正當我感到不可思議時，秀也雙眼閃閃發亮地這麼說了。

是昴希的時候比較好……？

「也是，比起陰沉，我也更喜歡你開朗的樣子。」

「優輝，我也覺得開朗的你比平常的你好喔！」

就連媽媽和爸爸都這麼說了。

說他們覺得開朗的我——覺得昴希比較好。

……這讓我隱約明白了一件事。

為什麼昴希明明很隨興，卻沒有被我家人發現？

因為比起我，大家更想跟昴希相處。

因為他們覺得比起平常的我，更想跟個性開朗，看起來總是很快樂的昴希一起生活。

比起一無是處的我，更想跟「特別」的昴希——

……搞什麼啊。

「搞什麼啊！」

我這麼吶喊的同時，無法壓抑憤怒的情緒，狠狠地敲了一下桌子。

裝著我那份飯菜的餐具也因此全部翻倒過來。

「等一下，優輝！你在做什麼呀！」

「優……優輝，你突然是怎麼了？」

媽媽十分生氣，爸爸則是露出驚訝的表情……這是當然的。對媽媽他們而言，看起來就像是很正常地在交談的時候，我突然發飆一樣。

「你……你怎麼啦，哥哥……？」

秀也同樣做出嚇一跳的反應。

……秀也，你不是很喜歡我嗎？你不是很尊敬我嗎？

老實說，跟昴希交換身分的時候，我原本以為就算爸媽分不出來，秀也應該也會在某個地方覺得不對勁吧。

……但並不是那樣。

結果秀也同樣覺得「特別」的昴希比較好。

媽媽和爸爸也是——大家都覺得「特別」的昴希比較好！

……我知道了。既然你們都覺得昴希比較好，我就如你們所願。

儘管我一開始想跟家人，至少跟父母好好溝通，但沒有那個必要了。因為我知道這個家已經不需要我了。

既然這樣，只要一無是處的我從家人面前消失就好了。
而且我也不需要這樣的我了。
我不需要真的什麼都不會，也找不到生存意義的我！
所以之後我該做的事情只有一件。
就是——

◇◇◇

隔天中午。我來到平常那間荒廢的神社，為了與昴希見面。
昨晚我打電話給他，請他在這個時間過來這裡。
順帶一提，昨天我敲桌完，隨口向三人道了歉。雖然之後氣氛非常糟糕，我們還是繼續吃完晚餐。
今天早上我也沒有好好跟任何一個家人交談。
媽媽本來就沒有向我搭話，爸爸姑且還是有些在意的樣子，一度向我搭話，但我無視他，他也就沒有再找我說什麼了。
秀也好幾次向我搭話，我都隨口敷衍過去。

可是，他似乎覺得我還在生氣，一直露出不安的表情。

……我已經沒有在生氣了。

我只是覺得對這個家族而言，我已經沒有必要存在了。

與其說生氣，更像是我已經沒有任何情緒會湧現出來。

我不想再繼續因為自己的事導致情緒起伏不定……我累了。

「喔，你今天比我早到呢～」

就在我思考著種種事情時，傳來一個快活的聲音。是昴希。

「哎……偶爾啦。」

「咦，你還真是沒勁呢～這樣不好喔。不要用跟我長得一樣的臉露出那種鬱悶的表情啦。」

昴希輕輕拍了我的肩膀。這傢伙真的很開朗，總是很開心的樣子。

跟我不同……

「那麼，今天也要交換身分嗎？」

昴希用期待的眼神看向我。

「是啊……我想交換。」

「不錯耶～我也差不多想再次交換身分了～」

昴希這麼說，興高采烈地哼起歌來。

我平常就在想，昴希跟一無是處的我交換身分，真的覺得開心嗎？

「欸，昴希，你跟我交換身分時開心嗎？」

我好奇地直接詢問他。

「當然！我覺得超開心的！」

於是昴希露出燦爛的笑容，毫不猶豫地回答了。看來真的很快樂的樣子。

既然這樣──

「我……我說……」

我向他搭話，於是他露出有些不解的表情。

一定是因為我很緊張。

……不過，我會緊張也是無可奈何。

因為我接下來要對昴希說的話，是我要放棄當我自己這件事。

「我們今後要不要就這樣一直交換身分下去？」

「……你說一直，是指到暑假結束嗎？」

「不，不是。我是說這輩子，到死亡為止。」

我這番話讓昴希大吃一驚，有一瞬間說不出話來。

這是當然的。要是有人突然對自己說跟他交換身分一輩子，無論是誰都會有這種反應。

然後昴希表現出思考的態度，暫時陷入沉默。

「當然，前提是昴希你願意啦……」

我在他沉默的期間這麼補充。

當然，如果昴希不願意，就無法實踐這件事。

到時我只能死了這條心，繼續當個一無是處的我活下去。

我只能一直從外頭眺望著「特別」的人們，一直被拿來跟「特別」的弟弟比較，跟不需要一無是處的我的家人一起生活，度過這一生。

「優輝你無所謂嗎？」

就在我等著昴希的回答時，聽到出乎意料的話語。

「無所謂是指……？」

「就是你覺得永遠跟我交換身分也無所謂嗎？」

昴希直率地注視著我，這麼詢問。

不過，我想都沒想，立刻回答了。

因為對從小就在思考關於自己的我而言，事到如今已經沒什麼好思考的了──

「對，我覺得永遠交換身分也無所謂。」

「……這樣啊。」

昴希這麼回應後，將手指貼在下顎，又思考起來。畢竟永遠交換身分是件大事嘛，希望他可以慢慢考慮。

「……好喔。」

就在我這麼心想並等待時，昴希做出了回答。

「真的嗎？」

「嗯！因為我也覺得在當自己時，經常要顧慮別人或被別人顧慮實在很疲憊……當優輝的時候比較快樂！」

昴希露出燦爛的笑容。從他的樣子看來，可以知道他也是由衷表示可以交換身分。

……好，這下我可以不用繼續當我了。

可以不用當一無是處的我！

「那麼，今後我就以『小川優輝』的身分活下去嘍。」

我在內心感到喜悅時，昴希這麼對我說了。

他手上拿著註冊商標連帽外套。

這應該是要我收下的意思吧……？

「好。我則是以『小川昴希』的身分活下去。」

我接過連帽外套，向昴希這麼宣言。

就這樣，我決定以「小川昴希」的身分；昴希則是以「小川優輝」的身分活下去。

不過說是這麼說，就秀也他們說的話來想，昴希根本沒在扮演我。

交換身分的時候，昴希還是以昴希的身分跟我的家人一起生活。

就算我們今後永遠交換身分，這點一定也不會變吧。

所以正確來說，今後我跟昴希都會以「小川昴希」的身分活下去。

也就是說——「小川優輝」已經從這個世界消失了。

第四章　TAMAYA

跟昴希徹底交換身分之後，我以「小川昴希」的身分度過每一天。

或許是多虧了至今也交換過好幾次，我現在已經不會特別緊張，能表現出昴希的態度。細節部分也許還是有不一樣的地方，但昴希的父母和朝陽他們都沒有發現，所以一定沒問題吧。

然而等暑假結束，開始上學後，就沒辦法像現在這樣敷衍過去，我跟昴希交換身分的事情說不定會很輕易地穿幫。因為不管是念書、運動或其他許多事情，我跟昴希的能力都有很大的差距……萬一穿幫，就到時再說吧。只能乖乖放棄交換身分了。

可是，只要沒有完全露餡，我就會盡全力繼續扮演「小川昴希」。

儘管徹底交換身分後，我對昴希的父母和朝陽他們懷有比以往更強烈的罪惡感，但我還是沒有產生打算停止交換身分的念頭。我反倒覺得只要我能活得更像「小川昴希」就行了。

我就是這麼不願意變回「小川優輝」。

「昴希，感覺你今天運氣超好耶！」

因為還在放暑假，今天朝陽他們來家裡玩，大家一起玩《瑪路歐派對》。

就跟朝陽剛才說的一樣，今天的我一擲骰子，就只會出現9或10，我的角色前進得非常迅速。

也因此雖然小遊戲沒能贏幾場，但剛才我拿到第二顆星星了。

「果然是因為我平常有積陰德吧。」

我學昴希那樣稍微得意忘形了一下。

「什麼意思啊～好像在說我們是壞人一樣耶～」

朝陽面帶笑容這麼說，於是聽到這番話的三葉與夜見彷彿想打斷他，加入了對話。

「欸，朝陽，什麼我們，別把我也算進去啦。」

「就是說啊。我才不是什麼壞人。」

對於這麼反駁的兩人，朝陽表示「沒那回事吧～」然後又笑了。

……像這樣有好幾個人很歡樂地在聊天，感覺很快樂。假如我還是以「小川優輝」的身分生活，大概永遠都無法像這樣跟人聊天吧。

「你突然沉默下來是怎麼啦，昴希？」

就在我想東想西時，朝陽露出不解的表情。

其他兩人也露出同樣的表情。

「沒什麼啦！我只是在想你們平常應該沒積陰德吧！」

我揶揄似的這麼說道，於是朝陽他們轉變成看起來很開心的表情。

「昴希，你真敢說耶～」

「既然你這麼說，我接下來就要拿出真本事嘍！」「我也會使出全力。」

三人拿出了幹勁一般，握住遊戲控制器。

可是，大家看起來果然很快樂……我也覺得非常快樂！

之後我們就像平常一樣，一直玩《瑪路歐派對》到日落為止。

「你們看～今天我為大家做了蘋果派喲～」

在我們玩了好幾個小時的《瑪路歐派對》後，跟同學的媽媽一起外出的昴希母親回到家裡，端出她從昨晚就在替我們準備的蘋果派。

玩到累的我們肚子也餓了，興高采烈地吃個不停。

「昴希的媽媽真的很擅長料理耶。」

「都可以當大廚或甜點師傅了。」「我也這麼覺得。」

三人一邊大口吃著派，一邊這麼說道。

我也跟他們有一樣的想法。昴希母親真的應該找個地方開店才對。

她就是這麼擅長料理……哪像我媽媽廚藝就很平凡。

「我做了很多，你們多吃點喔～～」

「「「好～～！」」」三人活力充沛地回應媽媽。

「昴希，你該不會覺得不好吃吧？」

因為只有我沒講感想，昴希母親或許對此感到不安，便這麼問了。

「不會，很好吃喔！」

「是嗎！太好了～～」

我這番話讓昴希母親感到安心似的鬆了口氣。

明明這麼擅長料理，她卻不管對誰都很溫柔。

哪像我媽媽老是愛拿優秀的弟弟跟我比較，真的跟昴希母親有天壤之別。

「喔，怎麼啦？你們在吃蘋果派嗎？」

昴希父親似乎下班回家了，只見他走進客廳。

然後我跟昴希母親、昴希父親還有朝陽他們一起開心地一邊聊天一邊吃蘋果派。

老實說，真的快樂得不得了！

昴希父親也不會像我爸那樣對我感到傻眼，朝陽他們也不像秀也那樣只是做表面功夫，即使是把我當成昴希，他們也確實很需要我。
所以我能毫無顧忌地跟他們聊天，真的好快樂！
……明明如此，為什麼偶爾還是會想到我的家人呢？
哎，不用放在心上吧？哪天肯定就會自然而然忘了這些事吧。
因為以「小川昴希」的身分活著是這麼快樂嘛。

◇◇◇

「優輝，你後來過得怎麼樣？」
在荒廢的神社。坐在我身旁的石階上的昴希有點開心似的這麼詢問。
在澈底交換身分後，我跟昴希也會像這樣見面。
這是為了交換情報，像是彼此的真面目是否有穿幫、有沒有發生其他問題等等。
「過得很快樂喔。雖然開口說想永遠交換身分的我這麼講不太好，不過老實說，我實在不懂昴希你為什麼會覺得跟我交換身分也無妨。」
「這個嘛……哎，優輝你可能不會懂吧～」
昴希揶揄似的這麼說道……哎，「特別」的人應該有什麼只有「特別」的人才懂的感覺吧。我不可能會懂那種感覺。

「昴希你那邊怎麼樣啊？」

「我嗎？一帆風順喔。能跟優輝你交換身分，真的超開心！」

昴希這麼說，而且他看起來真的很開心……然而我還是不懂跟我這種人交換身分有什麼好開心的。

「……現在才問有點晚，不過說真的，你跟我交換身分到底覺得哪裡開心啊？」

所以我試著直接詢問本人，於是──

「當然是因為秀也人很好，還有優輝的媽媽和爸爸也很重視我，很溫柔吧。」

「秀也人很好這點我懂……可是你說媽媽和爸爸很溫柔？」

我完全不懂他的意思。我媽和我爸哪裡溫柔啦？

他們總是拿我跟弟弟比較，老是露出受不了的表情……感覺光是回想起來，就開始火大了呢。

「不過，我們彼此真正的家人，不管是跟我或是跟你，都毫無關係就是了。」

「……嗯，是沒錯啦。」

沒錯。無論是爸媽或秀也，都已經跟我無關了。

因為他們已經不是我的家人……

「啊，對了，我有一件事忘了告訴優輝你。」

「你這種說法讓我有種不祥的預感耶……」

我這麼說，於是昴希笑咪咪的……看來我的預感好像很準。

「其實，有個可愛的女生——就是你那個叫花火的朋友邀我一起去逛夏日祭典……要怎麼辦？」

昴希這番話讓我大吃一驚。

丸谷邀他去夏日祭典？我明明婉拒過一次，她又來邀約了嗎……

「話說，要怎麼辦是什麼意思啊？」

「因為如果花火是你喜歡的人，我跟她一起去逛就不太妙吧。」

昴希這麼說，別有含意似的奸笑。那表情是怎樣啦……

「……你想怎麼辦就怎麼辦啊。」

「咦？讓那麼可愛的女生跟我一起去逛夏日祭典沒關係嗎？」

「丸谷只是普通朋友啦。說起來，這也不是該問我的事。我已經是『小川昴希』嘍。」

「這……是沒錯啦。」

昴希露出一臉無趣的表情。你到底想讓我說什麼啊。

……哎，雖然我大概猜得出來，但丸谷也跟現在的我沒關係了。

因為我已經放棄以「小川優輝」的身分生活。

「總之，如果你想跟丸谷一起去夏日祭典，就儘管去吧，不用在意我。」

「……這樣啊。我知道了。」

我這番話讓昴希點了一下頭。這樣一來，昴希就會跟丸谷一起去逛夏日祭典了吧。

如果是跟昴希一起逛夏日祭典，丸谷一定能樂在其中才對。昴希就是具備那種開朗的氛圍……只看長相明明完全一樣，其他地方卻真的都跟我截然不同。

「我差不多該回去了。」

「嗯。那我也回家好了。」

因為已經聊了挺長一段時間，我們決定各自打道回府。

當然我是回昴希家，昴希則是回我家。

之後我們在神社所在的森林入口處道別。

我前往昴希家，同時不禁想像了昴希跟丸谷一起在夏日祭典玩得很開心的光景。雖然早就知道，胸口果然還是有點鬱悶。

◆◆◆

大約一年前的夏天，那天舉辦了夏日祭典。

夏日祭典是在河堤舉辦，有許多住在周圍的人會參加。

尤其是學生，我想大家幾乎都去了夏日祭典。

另一方面，雖然忘了是小學的什麼時候，當時我也跟秀也參加過一次。後來覺得反正沒朋友跟我一起逛，我就再也沒去過了。然而我久違地想再去逛一下夏日祭典。

說是這麼說，我並不是去河堤那邊，而是前往平常造訪的荒廢神社。

這是為了跟我在黃金週時拯救的狐狸一起觀賞煙火。

從周圍沒什麼樹木的神社可以看見美麗的夜空。

我告訴爺爺這件事後，據爺爺所說，從神社一定能看見煙火。

「真期待煙火呢。」

我坐在石階上，向身旁的狐狸搭話。

……這隻狐狸還沒有名字，無論如何都得叫牠時，我都用「狐狸」或「欸」來稱呼。

這樣是不太好，但我想不到什麼好聽的名字。

這隻狐狸獨自在神社努力過活，也能說是我的朋友，所以我不管怎樣都想幫牠取個好聽的名字。

「嗷嗚～～」

我這番話讓狐狸活力充沛地發出叫聲。

狐狸應該不知道等一下會放煙火，但牠說不定已經隱約察覺好像會發生什麼有趣的事。

這是我第一次像這樣跟朋友一起參加夏日祭典……雖然沒有到河堤那邊，朋友也是一隻狐狸就是了。就算這樣，我還是非常開心。

「我能遇見你真是太好了。不管是去學校或待在家裡，都覺得好無聊……老實說，感覺有很多事情我都已經無所謂了。」

我這麼說道，於是狐狸露出看起來有點悲傷的表情。

或許是因為我露出了有些陰暗的臉。

「可是，跟你在一起就非常快樂，而且多虧有你，每天都變得比之前更多采多姿嘍！」

我展露笑容給牠看，於是狐狸感到安心似的又叫了一聲：「嗷嗚！」

牠大概不清楚詳情，不過我說的話似乎隱約能傳達給牠。

……太好了。

「如果能一直跟你在一起就好了。」

我眺望著夜空這麼低喃。

那樣的話，我的人生一定會變得更快樂吧。

像是這隻狐狸如果能變成人類就好了，哈哈……

就在我這麼胡思亂想時……

忽然響起咻的一聲彷彿哨子的聲響——

美麗的煙火在夜空綻放。

我享受著美麗的煙火，以及慢半拍傳來的爆炸聲。

然後我很好奇狐狸在做什麼，一看之下，只見牠入迷地眺望著夜空。

「喔喔～～超級漂亮耶！」

牠深受感動……嗎？

「怎麼樣？很漂亮對吧？」

「嗷嗚！」

我這句話讓狐狸有些開心似的做出反應。

牠這樣應該是感到高興吧。這麼一想，我也跟著高興了起來。

只見又有下一發煙火綻放在夜空中……果然很漂亮。

「ＴＡＭＡＹＡ～～」

我沉浸在感動之中，同時試著呼喊在夏日祭典中必定會出現的臺詞。

順帶一提，人們在看煙火時經常會呼喊的「TAMAYA」，似乎是源自江戶時代一個叫「玉屋（TAMAYA）」的煙火師商號。

對於施放了美麗煙火的人，江戶時代的人們會呼喊那個煙火師的商號來表示讚賞，帶來的影響似乎就是現在觀賞煙火綻放時會說「TAMAYA」。

因為爺爺講到我都會背了，我記得非～常清楚。

「嗷嗚！嗷嗚～～！」

是想模仿我嗎？狐狸也發出了叫聲。總覺得聽起來像是在說「TAMAYA」。

「TAMAYA～～」

「嗷嗚！嗷嗚～～！」

接著又有煙火在空中綻放，這次我們試著一起呼喊。

喔喔～～很有夏日祭典的感覺呢！

「真開心耶！」

「嗷嗚！」

進行了這樣的對話後，狐狸又入迷地觀賞著煙火。

看到這一幕，我靈光一閃。

「……小玉（TAMA）。」

就是狐狸的名字。

如果直接叫玉屋（TAMAYA）實在太沒創意，而且感覺有點奇怪，所以就省略成小玉。

哎，雖然總覺得這名字好像比較適合貓……但我認為這是很棒的主意。

因為「TAMAYA」是看到很棒的煙火時用來稱讚煙火師的話。

這隻狐狸對我而言也是很棒且重要的朋友。

而且牠本身好像也很喜歡煙火的樣子。

所以——

「欸，關於你的名字，就叫小玉如何？」

我試著這麼問牠，於是狐狸只將臉朝向我，便陷入沉默。

牠該不會是不喜歡這個名字吧……？

「嗷嗚！」

我感到不安，不過狐狸很有精神地這麼叫了。

看來牠似乎很中意。

「好！那從今以後你的名字就叫小玉了！」

我這麼說道，於是小玉似乎很開心，可愛地擺動著尾巴。

「今後也請你多指教嘍，小玉。」

「嗷嗚～～！」

我呼喚牠的名字，於是小玉大聲回應我。

其實我很想跟牠握手，但因為不能亂摸狐狸，這樣就足夠了。

然後我跟狐狸——跟小玉一起觀賞煙火，直到最後。

這成了對我而言永生難忘的重要夏日祭典。

「……！」

我坐起身後，發現這裡是昂希的房間。又是作夢啊……

「……小玉。」

在跟昂希澈底交換身分前，我有時會去找小玉，但現在已經沒有在找了……我已經放棄了，反正小玉不會回來的。

牠一定是受不了一無是處的我，遠走高飛了。

如果一無是處的我稍微有所改變，即使只是片刻，只是表面上也好，如果我能變成「特別」的存在，小玉說不定就會回來。我一開始這麼認為而跟昂希交換身分……但事情怎麼可能那麼簡單呢。

而且我從中途開始就變成在享受跟昂希交換身分來品嘗「特別」的滋味，老實說有時根本忘了小玉的存在。

小玉不可能回到這樣的我身旁。

……我到底在做什麼啊。

可是，我覺得這樣就好。

以往以「小川優輝」的身分生活時，感受到的那些難過和痛苦的事情。

還有我的家人、丸谷，以及小玉。

我已經決定忘記這一切，以「小川昴希」的身分活下去。

……這樣就好了。

◇◇◇

我就這樣以「小川昴希」的身分過著每一天，在暑假也即將邁入尾聲的時候。

今天是舉辦夏日祭典的日子。

或許因為這樣，我走在外面要幫昴希母親買東西的時候，雖然時間才中午，已經看到會在夏日祭典擺攤的人前往河堤的身影。

順帶一提，我本來打算如果是跟朝陽他們一起，就想去逛一下夏日祭典，但今天早上接到聯絡，朝陽他們似乎都突然有急事，沒辦法跟我一起去祭典。

儘管也可以試著邀請其他昴希的朋友，但都到了夏日祭典當天，大家應該都跟人有約了，總覺得我也不該突然說要參一腳。

而且雖說已經澈底交換身分，約人出去玩這種事本來就……應該說對現在依舊有溝通障礙的我來說，門檻還是太高了。

再說仔細一想，如果昴希會去逛夏日祭典，然後我也去逛夏日祭典，搞不好會讓身分穿幫。那麼以結果來說，反而該慶幸不能去嗎？

……昴希會跟丸谷一起逛夏日祭典吧。畢竟他本人都那麼說了。

一想到他們兩人的事……心情還是會變得有點複雜。

不過，我也不能怎樣就是了。畢竟他們的事跟現在的我無關，我也沒資格說三道四……唉～～別想了，別想了。別再思考關於昴希他們的事情。

「那麼，今天要做什麼好呢？」

我躺在昴希的房間床上這麼思考。

既然沒有要去夏日祭典，就一個人在家玩遊戲好了——呃，那樣不就跟以前的我一樣了嗎？而且我去年還有跟小玉一起觀賞煙火，所以那樣會比之前的我更廢啊……這可是難得以「小川昴希」的身分迎接的第一次夏日祭典耶。

在我感到有點沮喪的時候，手機忽然響了。

我看向螢幕，只見上面顯示著「小川優輝」。

也就是昂希打來的電話。

是發生了什麼問題嗎？

難不成是我們交換身分的事情穿幫了？

就在我抱著這樣的不安接起電話後——

『嗨，優輝！你過得快樂嗎～～？』

跟我預測的相反，傳來了昂希開朗的聲音。

「……怎樣啦？有什麼事嗎？」

『你的聲音怎麼聽起來在生氣啊。我什麼都還沒說耶。』

「你真囉唆耶，沒事的話我要掛掉嘍。」

『先等一下！有事有事！有很重要的事情啦！』

昂希慌張地阻止我，因此我無奈地決定繼續通話。

「……重要的事情是？」

我心想從他的聲音聽來，反正不會是什麼大不了的事吧，並試著詢問。

『其實，我原本預計跟花火一起去逛今天的夏日祭典，但身體突然有點不舒服。』

昴希用像是搞砸了事情的語調這麼說。

「可是，就你說話的感覺，聽起來好像很有精神耶。」

『別看我這樣，我是在勉強自己說話喔……咳咳、咳咳。』

昴希忽然咳了起來。

「喂、喂，你還好嗎？」

『不要緊，不要緊，只是喉嚨有點痛而已。』

「什麼啊，你真的身體不舒服喔……」

明明如此，為什麼他要打電話給我？我更感到疑問了。

就在我感到不解時，昴希開始說起正題。

『所以說，雖然對你不好意思，我希望你可以代替我跟花火一起去逛夏日祭典。』

「……咦？要我代替你？」

『沒錯沒錯。反正我們長得一樣，再說花火本來就是想跟優輝去逛夏日祭典，所以沒問題吧？』

「哪裡沒問題啦。我已經不是『小川優輝』嘍。」

事到如今，我要擺出什麼表情去見丸谷啊。

而且我還一度婉拒過她的邀約……

『因為就這樣爽約的話，花火不是很可憐嗎？』

「或許是那樣沒錯啦……但也沒辦法吧，因為你身體不舒服啊。」

『所以我才希望優輝你代替我去夏日祭典啊。』

昴希無論如何都想讓我去夏日祭典。就算他這麼說……

『花火是你的朋友對吧？』

昴希這麼問我，彷彿想說你們明明是朋友，讓她傷心真的好嗎？

……朋友嗎？

這麼說來，她在文化祭時鼓勵我報名站中心位置，我還沒為這件事向她道謝呢。雖然結果不是很理想，就算這樣，我還是很感謝丸谷，我必須好好報答她才行。

去逛夏日祭典的話，感覺一定會忍不住想起小玉的事……但是——

「……好吧。我去就行了吧？」

『你願意去嗎？謝謝你！』

昴希很開心似的這麼回應。他那麼不想讓丸谷傷心嗎？

哎，畢竟丸谷是個很溫柔的人，我能理解他會這麼想的理由。

「那麼，我要在幾點去哪裡赴約？」

『嗯，就是——』

然後昴希告訴了我集合的時間與地點。
就這樣我決定代替昴希，跟丸谷一起去逛夏日祭典。

◇◇◇

「糟透了……」
就在太陽開始下山，暗紅色光芒照亮街道的時候，我垂頭喪氣地一個人走在路上。
理由在於服裝。
反正是要以「小川優輝」的身分去逛夏日祭典，我原本心想穿普通的衣服赴約就行了，但我在出門前一刻被昴希的母親與父親看到，我沒有穿著連帽外套一事讓他們稍微起疑了。
我也不能因為這種事被他們發現我跟昴希交換身分，所以無可奈何地穿上連帽外套出門……
我非得穿著這麼花俏的連帽外套跟丸谷碰面嗎？
雖然這件連帽外套很帥氣，但我不是會穿這種衣服的類型，所以丸谷絕對會嚇一跳，搞不好還會說些什麼。
我不禁憂鬱地嘆了口氣。
儘管如此，我還是繼續前進，然後終於抵達集合地點的橋樑前面。

這座橋樑就是搭在舉辦夏日祭典的河堤旁那條河川上，周遭有許多路人。這些人們一定大部分都是要去逛夏日祭典吧。

「她還沒到嗎……」

即使環顧周圍，也沒看到丸谷的身影。那我就乖乖先等一下吧。

之後我邊滑手機邊等丸谷，於是心跳漸漸加速。

我很久沒跟丸谷見面了。

而且冷靜一想，這是我人生第一次跟女生一起去逛夏日祭典。

可……可是丸谷只是朋友，沒什麼好畏縮的。

……果然還是不行，不妙。我好像緊張起來了。

「小川同學。」

就在我心臟怦怦跳得很快時，忽然傳來一個聲音。

我轉頭看向聲音傳來的方向，只見丸谷就站在那裡。

她一身浴衣裝扮……老實說，真的非常可愛。

「對……對不起，小川同學。讓你等很久了？」

「咦……不……不會。我也是剛剛才到。」
「這……這樣呀，那就好。」
丸谷感到安心似的露出笑容。或許是因為穿著浴衣，她看起來比平常可愛好幾倍，讓我的心跳輕易開始加速。
「那……那麼，總之我們出發吧。」
「唔……嗯。說得也是。」
我們兩人一起邁出步伐。
「小川同學，你穿那件連帽外套？不會熱嗎？」
於是丸谷立刻指出連帽外套的問題。這是理所當然的吧……
「哎，這有些一言難盡……」
「這……這樣呀……可是很適合你喔。」
丸谷溫柔地這麼安慰我。
太好了，比我原本擔憂的反應好太多了。
「是……是嗎？」
「嗯，非常適合你。」
我鬆了口氣並做出回應，於是丸谷又這麼稱讚我。

像這樣被人稱讚服裝，感覺挺開心的。

雖然其實不是我的衣服就是了……

話說，我因為害羞，剛才沒能說出口，不過既然丸谷都稱讚我的連帽外套了，我也不該在這邊難為情，得好好說出來才行！

「那……那個……丸谷妳也很適合穿浴衣。」

「——！是……是嗎……謝……謝謝你。」

我吞吞吐吐地表達出想法後，丸谷害羞似的將臉朝向下方。

唔哇，我果然也難為情了起來……！

之後我們暫時微微低著頭往前進。

我想我們兩人的臉大概都變得一樣紅吧。

◇◇◇

我們渡過橋樑抵達河堤後，夏日祭典已經揭幕，左右兩邊是成排的攤子，許多人來往交錯。人這麼多的話，應該不太會碰到住在這附近的夏海高中的學生，例如松本同學。

而且有很多人穿著浴衣，所以昂希的連帽外套也不會顯得太過突兀。

……可是——

「人實在是多過頭了啊。」

「唔，嗯……呀啊！」

從後面走過來的男性與丸谷撞上了，因為體格差距，只有丸谷站不穩。

我心想這樣很危險，隨即用雙手扶住丸谷以免她跌倒。

「妳……妳沒事吧？」

「唔……嗯。我不要緊……謝謝你，小川同學。」

「不會，這沒什麼大不了的啦……！」

我忽然發現自己把手搭在丸谷的肩膀上。

我立刻將手從丸谷身上移開。

「抱……抱歉。」

「不會。那個——」

就在丸谷想說些什麼的時候——

又有男性從她身後走過來，差點撞上她。

看到這一幕，這次我牽起丸谷的手以免她被撞到。

也因此成功避免他們兩人撞上。

「小……小川同學……？」

「那個……抱歉。因為妳剛才又差點被人撞到了。」

聽到我這句話，丸谷轉過頭去確認剛才經過的男性。

「原……原來是這樣呀。嚇……嚇了我一跳……」

「我想也是。抱歉……」

「不會，請你別道歉。那個，不管是剛才或現在……我都很高興你幫了我。」

丸谷溫柔地露出笑容，這麼對我說了。

這樣的她讓我的心跳又開始加速。

真奇怪，如果是平常，就算跟丸谷聊天也不會變成現在這樣。

是因為太久沒見到她，或者果然是因為浴衣呢？

無論如何，我得再冷靜點才行。

接著我打算鬆開原本握著丸谷的手——但我作罷了。

人果然還是太多了。這樣丸谷不曉得何時又會被誰撞到。

畢竟是難得的夏日祭典，我也不希望丸谷受傷……

「我……我說……感覺人多很危險，我可以就這樣牽著妳的手嗎？」

「咦……」

我開口詢問，於是丸谷露出驚訝的表情。
……被她覺得我很噁心了嗎？
就在我感到非常不安時，丸谷輕輕點了頭。
「就照目前這樣……拜託你了。」
不知為何，丸谷用敬語表示同意。
「那麼，那個……我就接受拜託了。」
我不知為何也用敬語回應她。
我明明是打算冷靜下來，卻又緊張得不知所措。
「妳……妳想從哪一攤先逛起？」
「咦？啊……要……要從哪逛起好呢？」
在開始這種生硬的對話後。
我們就這樣手牽著手，一起前往設有攤位的地方。

◇◇◇

我們兩人一邊逛攤子一邊散步，結果我的肚子叫了起來，決定先去吃飯。儘管我說可以先做丸谷想做的事，但她主張「肚子餓是無法打仗的」，結果還是決定先吃飯再說。

我在文化祭期間感冒時也是，丸谷偶爾會很強硬呢。

「章魚燒好好吃～～」

我坐在河堤休息區的椅子上吃著章魚燒。

丸谷在我身旁吃刨冰，偶爾會按住頭。

感覺真可愛……呃，我在想什麼啊。

我是被夏日祭典的氣氛影響了嗎？

「抱歉。明明妳應該也有想做的事，卻讓妳遷就了肚子餓的我。」

「沒關係。反正我肚子也餓了，而且我正好想吃蘋果糖。」

丸谷貼心地這麼安慰我……她還是一樣很溫柔。

之後度過了一段有些悠閒的時光。人潮這麼多，照理說應該很吵鬧，但跟丸谷待在一起的話就非常平靜。

「欸，小川同學，那個……為什麼你一開始明明拒絕了，第二次邀請時卻答應了呢？」

就在我悠哉地這麼心想時，丸谷忽然問我。

答應第二次邀約的是昴希，其實應該是昴希來夏日祭典才對，但我代替身體不舒服的他來赴約了——這些話不可能說得出口啊……

「這個嘛，大概是因為我覺得跟妳一起來的話，夏日祭典會變得更有趣吧。」

這並非謊言。聽到昴希要我代替他來夏日祭典時，除了想為文化祭時的事向丸谷道謝的心情，我也真心覺得如果是跟她一起來逛，夏日祭典一定會過得很快樂。

「這……這樣呀……！……我好高興。」

丸谷在最後悄聲喃喃自語……我都聽見嘍。

可惡，感覺臉好像開始發燙了。

就在我拚命想冷靜下來時，忽然發現丸谷目不轉睛地看著章魚燒。

……她想吃嗎？

「妳要吃嗎？」

「咦……可以嗎？」

丸谷驚訝似的這麼問。

「可以啊。這裡也有還沒用過的竹籤。」

我將自己沒使用的竹籤交給她。

丸谷用那根竹籤叉了一顆章魚燒放進嘴裡。

「啊呼！」

只見丸谷覺得很燙的樣子，張嘴呼氣。

糟了。我吃的時候是覺得沒有很燙，但對丸谷來說好像滿燙的。我應該提醒她的。

之後丸谷暫時呼著氣，但似乎還是忍不住，將一旁的茶一飲而盡。

「雖……雖然很燙，但很好吃。」

「這……這樣啊……太好了。」

可是丸谷，妳剛才喝掉的茶是我的飲料耶。

——我內心這麼想，但實在是說不出口。丸谷大概也沒注意到。

「小川同學，你臉很紅喔。該不會是身體不舒服？」

「咦，沒事沒事，沒那回事啦。只是因為外面很熱吧。」

我感到動搖，但仍這麼回應，然後為了轉移焦點，尋找下一個話題。

「對……對了，接著妳想逛哪裡？我們去逛妳想逛的地方吧。」

「我想逛的地方？」

「對，難得我們兩人一起來逛夏日祭典，這次就去妳想逛的地方吧。」

丸谷露出詢問「可以嗎？」的表情，我毫不猶豫地點了頭。

「那……那我想玩那個用槍的攤位？」

「射擊遊戲嗎？好啊，來玩吧。」

我原本以為她會選刻榿糖遊戲之類的攤位，但她意外地偏向運動系。

既然丸谷想玩，就去那一攤吧。

「還……還有……我的刨冰分你一點吧。」

「咦……喔，好。謝謝妳。」

這一定是章魚燒的回禮，所以拒絕她也不太好吧。

我這麼心想，跟丸谷拿了備用的湯匙，挖了一口刨冰。

——好冰！

「啊，小川同學你也按住頭了呢。」

看到因為吃冰而頭痛的我，丸谷有些淘氣地笑了。

看到這樣的她，雖然頭有點痛，我也稍微笑了出來。

……有跟丸谷一起來逛夏日祭典真是太好了。

儘管才剛來沒多久，我已經很自然地這麼覺得了。

◇◇◇

我們各自吃完章魚燒與刨冰後，一起來到射擊遊戲的攤位。

攤位裡頭有個架子，上面擺放著許多獎品。

「歡迎光臨。」

一個男性伴隨著好聽的聲音出來迎接我們……等等、等等，總覺得我好像聽過這聲音。

我這麼心想，仔細看向那名男性——是Havoc大哥！

我驚訝得不得了，看了男性好幾眼。

雖然把長髮綁起來了……不會錯，是那個經常連呼「Havoc」的大哥。

「吾的臉上沾到了什麼嗎？」

「咦……不，沒……沒什麼……」

或許是我盯著他的臉太久，被他發現了。

話說原來Havoc大哥會說話啊。我還以為他只會講「Havoc」……但他自稱「吾」，說話方式也怪怪的。

「感覺是個很有意思的人呢。」

忽然有人在我耳邊低語，我嚇了一跳並看過去，原來是丸谷。

她看到我的反應，一臉不可思議似的歪了歪頭。

……呃，突然有人在耳邊低語，不管是誰都會有跟我一樣的反應吧。

之後我們先付了玩一次射擊遊戲的費用，接過玩具槍與玩具子彈。

先射擊的人是丸谷。

「用吾之槍——Havoc射偏的話會遭到天譴，小心點啊。」

Havoc大哥這麼說道。是這樣的設定嗎？

「天譴是會發生什麼事嗎？」

「費用會變成兩倍。」

「好真實的天譴！」

居然不是設定嗎……

「話先說在前頭，我開玩笑的。」

「……我想也是。」

果然是玩笑啊……但我有一瞬間覺得他好像是講真的。

就在我們進行這些對話的時候，丸谷一直瞄準目標。

——砰！

她射出的子彈漂亮地命中，擊落了一個小型兔子娃娃。

「喔喔！真厲害啊！」

「唔，嗯。能順利命中真是太好了。」

丸谷很開心似的抱緊娃娃。她這個動作讓我的心跳又開始加速。

……今天老是被丸谷弄得小鹿亂撞啊。

後來丸谷射出剩餘的子彈，有時也會射偏，但又擊落了兩個娃娃。是烏龜與熊的娃娃。

「接著換小川同學嘍，加油。」

「喔……好。我試試看。」

聽到丸谷這麼鼓勵，我拿起槍並裝入子彈。

接著就在我尋找要瞄準的目標時，一個企鵝娃娃映入眼簾。

那是丸谷本想擊落但失敗了的娃娃……如果能拿到這個，丸谷會開心嗎？

「小川同學？你不玩嗎？」

就在我思考著這些事情時，丸谷一臉不解地問我。

「我……我要玩啊。要是能命中個什麼東西就好了。」

因為覺得很難為情，我說著讓人猜不出要瞄準哪個獎品的話語，並且架起了槍。然後我閉上單眼，瞄準好目標，開槍射擊。

——但是子彈飛向跟娃娃所在的位置完全不同的方向。

因為子彈飛到完全不相干的地方，我想丸谷一定甚至沒發現我原本瞄準的是企鵝娃娃。

「那……那個……真可惜呢。」

「妳不用那樣顧慮我啦。這實在是射偏到一點都不可惜啊。」

丸谷努力想安慰我，但我露出苦笑這麼回應。

「可……可是下次會打中的。」

「謝謝妳……我會盡力試試看的。」

丸谷又如此鼓勵我，我再次瞄準企鵝娃娃。

不過，不管我射出幾發子彈，都是飛到不相干的方向，結果就這樣用完了子彈。

「……要……要再玩一次嗎？」

「不，不用了吧。」

丸谷又像這樣顧慮我的心情，但我放下了槍。

……雖然早就知道了，我就連射擊遊戲都玩不好啊。

「桐谷同學！加油喔！」

就在我感到沮喪時，忽然傳來一個快活的聲音。

看來在不知不覺間還有除了我們之外的客人來到這一攤，客人是兩人組的男女，大概跟我們一樣是高中生……是夏海高中的學生嗎？

而且令人驚訝的是，明明天氣熱得要命，女生卻穿著連帽外套。

想不到居然能在夏日祭典看見除了我之外穿著連帽外套的人。

「用吾之槍——Havoc射偏的話會遭到天譴，小心點啊。」

Havoc大哥把剛才對我們說的話又對新來的客人說了一遍，而且那對男女的反應也跟我們一模一樣。

「好啦！瞄準目標～～！仔細瞄準嘍～～！」

「七瀨，妳會不會太聒噪啦？這樣我根本沒辦法集中精神耶！」

男生──男友（反正他們八成是情侶吧）用不停顫抖的手拿著槍並指出這個問題，於是連帽外套女生感到滑稽似的笑了……他們看起來很開心。

然後男友朝著並列在架上的獎品開槍射擊，但沒有打中。不知是否顧慮到他，連帽外套女生暫且沉默下來，然而男友之後也一樣，不管射出幾發子彈都沒命中。

「完全不行啊。」

「別放在心上喔！桐谷同學！」

男友失落地垂頭喪氣，連帽外套女生拍了拍他的肩膀。

簡直就像剛才的我跟丸谷。

「接著換我了！我要上嘍～～！砰砰砰！」

連帽外套女生隨興地喊著，隨興地開槍射擊。

然而所有子彈都命中了架上的獎品……好厲害。

「呵呵。沒有人可以逃離我的Havoc喔。」

「妳真厲害耶，七瀨！……可是，妳把老闆的槍講得好像是自己的東西，我覺得不太好耶。」

連帽外套女生一臉得意地朝槍口吹氣，相對地，男友則是露出有點傻眼的笑容。

接著他們兩人分配了一下連帽外套女生擊落的獎品，然後帶著那些獎品離開了。

「剛才那個女孩感覺是個很快樂的人呢。」

丸谷又在我耳邊低語……但我不至於像剛才那樣嚇到了。

雖然在內心還是嚇了好大一跳就是。

「是啊。是個奇怪的女生呢。」

……但是，她恐怕跟昴希一樣是「特別」的人吧。

儘管只是憑感覺，我想大概是那樣沒錯。

她散發出的氛圍是「特別」的人才有的氛圍。

另一方面，男友說不定跟我一樣，並非「特別」的人。

總覺得他具備跟我一樣的氛圍。

假如是這樣，他──

但我在中途停止了思考。

反正等這次夏日祭典結束，我又要變回「小川昴希」了。

思考這些事情也沒用。

「丸谷，接著要去逛哪一攤？」

「咦，可以又交給我決定嗎？」

「可以啊。老實說我也沒什麼想逛的攤位。」

「可……可是……」

丸谷露出迷惘的表情。反倒讓她傷腦筋了嗎……

正當我感到擔心時，丸谷突然露出像是靈機一動的表情。

「小川同學，我們一邊散步，然後兩人一起決定吧。」

這個提議讓我有點驚訝。兩人一起……嗎？

「也是。我們兩人一起決定吧。」

總之，我們先離開射擊遊戲的攤位，兩人一起散步決定接下來要逛的攤子。當然從一開始就一直是手牽著手。

……但在這段期間，我也有點在意剛才的少年。

◇◇◇

就在我們兩人散著步，同時一起尋找要逛的攤位時，看到了一個面具店，販售昴希以前戴的狐狸面具。
……對了，不曉得小玉今天在做什麼。
明明是難得的夏日祭典，還會放小玉最喜歡的煙火。
……哎，想這些也沒用吧。
我本想姑且問一下丸谷是否想看面具攤，但她看著其他方向。
我追逐著她的視線——只見那裡有個撈金魚的攤位。
小時候跟秀也一起去逛夏日祭典時玩過撈金魚，後來就沒玩過了啊。
就在我這麼心想時，丸谷也目不轉睛地看著撈金魚的攤位。
「妳想玩嗎？」
「咦……是沒錯啦，但不曉得小川同學是否想玩。」
「太好了，正好我也想玩撈金魚。」
「……真的嗎？不是在顧慮我？」
丸谷一臉擔心似的詢問。
「不是在顧慮妳喔。我也是真的想玩，所以我們一起去玩吧。」
「這……這樣呀……嗯，一起去玩。」
我們兩人一起移動到撈金魚的攤位，付錢後各自從老闆大叔那裡拿到三個紙網。

接著我們兩人都想撈起金魚——但是……

「……根本撈不到。」

把三個紙網都用掉了，紙網全部立刻破掉，絲毫沒有能撈起來的跡象。

一旁的丸谷儘管有差點成功的場面，結果還是一隻都沒撈到。

「……真困難耶。」

「……就是說啊。」

沒想到我們兩人居然連一隻都撈不到，氣氛變得有點陰沉。

雖然本來就覺得我大概撈不到，但丸谷居然會失敗。因為她平常不管什麼事情，總是能順利達成目標，我原本以為她應該能輕易撈起金魚。

「桐谷同學！有撈金魚攤耶！」

在這股沉重的氣氛中，忽然傳來剛剛才聽過的活潑聲音。

難道是……我這麼心想並看過去，只見剛才那對男女來到了撈金魚的攤位。

「桐谷同學！我們一起玩吧！快點快點！」

「知道了啦。感覺很難為情，妳別那麼大聲嚷嚷啦。」

他們兩人也付了錢，跟我們一樣從大叔那裡拿到紙網後，開始挑戰撈金魚。

「好好看我示範吧，桐谷同學！就是這裡！來來來！」

連帽外套女生充滿自信地這麼說道，將紙網對著悠哉游著的金魚們揮落——但紙網很乾脆地破掉了。

「還沒結束～～！」

不過，連帽外套女生換了另一個紙網，一樣氣勢十足地不斷揮動著。

然而紙網一口氣破掉，她一隻金魚也沒撈到。

「桐谷同學！全部破掉了！」

「太快了吧！」

紙網破掉的速度實在太快，讓男友大吃一驚。

之後男友也試著撈起金魚，但同樣一隻都沒撈到。

「撈金魚還真困難呢～～」

「七瀨妳根本不打算認真撈吧。」

連帽外套女生握著三個破掉的紙網這麼感嘆，讓男友有點傻眼。

「怎麼辦？要玩下一攤嗎？」

「嗯～～我想想。」

這時，連帽外套女生莫名看向了我們這邊。

隨後，她不知為何走過來——咦，怎麼回事？

就在她突然的行動讓我驚嚇不已時，只見她握住了在我身旁的丸谷的手。

「欸！我們都是女生，一起去逛街吧！」

「咦……咦咦！」

丸谷太過驚訝，不禁大叫出聲。

這說不定是第一次聽到她發出這種聲音。

……但也難怪呢。

這個連帽外套女生突然在講些什麼啊。

「……欸，七瀨！妳對根本不認識的人在講什麼啊！」

看吧，男友也驚訝得不得了。

「因為這女孩很可愛，我想跟她一起逛街嘛！妳也要逛街對吧？」

「那……那個……我——」

「好，就這麼決定！我們一起逛吧～～！」

連帽外套女生強硬地拉起丸谷的手，把她帶走了。

「啊，男生們要好好撈金魚喔～～拜託你們嘍～～」

還留下這麼一句話……呃，這傢伙在搞什麼啊！

「那個……對不起喔。七瀨居然把你的女朋友帶走了。」

「就是說啊，她真的很亂來耶……咦？啥！」
這傢伙剛才說丸谷是我的女朋友嗎？
「話先說在前頭，丸谷才不是我的女友！我跟你不一樣啦！」
「是嗎？……呃，七瀨也不是我的女友！」
「是……是這樣嗎？」
我這麼問，於是男友卯足全力點頭肯定……這樣啊。
「好……好啦。我打起精神，再挑戰一次撈金魚好了。」
「你要照那傢伙說的話做喔？」
「與其說是照她說的話做，不如說是我想撈金魚送給她。」
「原來如此。也就是說你想送金魚給女友當禮物啊。」
「就說了她不是我女友啦。」
男友話才說完就滿臉通紅。
真的不是女友嗎……？不過算啦。
之後男友（雖然其實不是男友的樣子）再次開始撈金魚……但還是一隻也撈不到。
明明如此，男友卻又買了紙網，準備再次挑戰撈金魚。
「我說你啊——」

「我不叫『你』，叫桐谷翔。要叫我桐谷或翔都可以喔。」

「……我說桐谷同學，你該不會是不管做什麼感覺都不太順利的人？」

我試著詢問從射擊遊戲攤時就一直很好奇的事。

儘管我有自覺在問相當沒禮貌的問題，但我無論如何都想問清楚。

只見桐谷同學很乾脆地回答了。

「是啊。我大概什麼都不會吧。」

「……果然跟我一樣嗎？」

我這麼說，於是桐谷同學大吃一驚似的看向我。

「呃，那個……」

「小川優輝，要叫小川或優輝都可以。」

「那個……小川同學也一樣是什麼意思？」

「就是字面上的意思。我也是什麼都不會……不管怎麼做，都無法成為『特別』存在的凡人之一。」

我感嘆似的這麼說道，接著說：

「桐谷同學你明明有自覺什麼都不會，明明知道自己並不『特別』，為什麼還要那麼努力呢？」

我看著他手上握的紙網，這麼詢問。反正那些紙網也會破掉吧……就在我這麼心想時，不知為何桐谷同學笑了。

「用你的話來說，或許我的確不是『特別』的人……但是，就算不『特別』，也未必什麼都不會啊。」

「未必什麼都不會……你剛才不是自己說了你什麼都不會嗎？」

「對啊。不管是運動或念書，我都沒有特別擅長的事物……但如果只是撈金魚，我說不定能辦到。除此之外，像是射擊遊戲或釣水球，如果是這些小遊戲，我說不定能辦到——我開玩笑的。」

桐谷同學就這樣面帶笑容，很開心似的說著。什麼啊，感覺莫名其妙……

「哎，你看著吧。」

桐谷同學這麼說，繼續挑戰撈金魚。

但紙網又破了一個、兩個、三個。

儘管如此，他還是又接過紙網，繼續撈金魚。

然而他還是撈不到……看吧，什麼都不會的人就連撈金魚都不會……這都是注定好的。

——就在我這麼心想的時候……

「好耶！撈到了！」

不知道是第幾個紙網，桐谷同學撈起了金魚。

金魚進入他的容器後，紙網立刻破掉。他是勉強撈到的。

「好厲害……」

我不禁發出這樣的聲音。或許對其他人而言，這沒什麼大不了……但一無是處的我可以明白。

即使是這種小事，我也明白能做到某件事是多麼厲害。

「看吧！就算什麼都不會，也有能做到的事情對吧？」

「什麼啊，根本前後矛盾嘛。」

我這麼說道，於是桐谷同學很開心似的笑了。

這樣的他看起來跟那個連帽外套女生有點相似。

「你也試試看吧。即使覺得自己什麼都不會，如果只是撈金魚，說不定多撈幾次就能撈到喔，就像我一樣。」

「咦，我……」

「你也撈一隻金魚送給那女孩吧。」

我本想回他「我撈不到啦」，但看到他撈起的金魚，我把話吞了回去。

真的就像桐谷同學示範給我看的一樣，我也能辦到嗎？

即使是不「特別」的我，如果只是撈金魚，也能辦到嗎？
如果能撈一隻金魚送給丸谷，她會為此感到高興嗎？
「你喜歡那女孩對吧？」
就在我想東想西時，桐谷同學有點像在揶揄我，但又彷彿在鼓勵我，這麼說了。
他那副模樣跟昴希有些相似，雖然讓人有點火大……卻也深深鼓勵了我。
「……我知道了。我試試看。」
然後我再次開始挑戰撈金魚。
我一撈紙網就破掉，再撈紙網又破掉。
我挑戰了好幾次、好幾次、好幾次——
「果然還是一隻都撈不到啊。」
就算這樣，結果我還是沒能撈到金魚。
「可是從後半開始，你有好幾次都差一點而已耶。再挑戰一下就能成功啦。」
「很遺憾，那是不可能的……因為我已經沒錢了。」
我秀出空空如也的錢包給鼓勵我的桐谷同學看。
這讓桐谷同學露出遺憾的表情，說了聲「這樣啊」。
什麼都不會的我，終究還是真的什麼都辦不到嗎？

——就在這個時候……

在水槽裡優雅地游著的金魚突然跳了起來。

接著那隻金魚居然順勢跳進了我拿著的容器裡面。

「太棒了！」

看到我容器裡的金魚，桐谷同學替我感到高興。

雖然他為我做出這樣的反應，讓我很開心……可是——

「這只是運氣好而已吧。」

「運氣也是一種實力啊，小川同學。」

這麼說也沒錯啦……但還是不太一樣吧。我這麼心想，然而要把難得撿到的金魚放回水槽好像也有點可惜……

結果，我們兩人都請老闆把得到的金魚放到袋子裡。

「棉花糖武士要行經此地啦～～！」

這時又傳來那個活潑——應該說有些聒噪的女生聲音。

是那個連帽外套女生，而且她雙手拿著三枝超大的棉花糖。

丸谷拿著裝在袋子裡面，同樣超大的棉花糖從她後方走了過來。

她露出有點疲憊的表情，這絕對是那個連帽外套女生害的吧……

「我買了棉花糖給大家喔～～！」

「真的耶。謝謝妳，七瀨。」

連帽外套女生把棉花糖遞給桐谷同學後，接著來到我這邊。

「來，請用。」

太陽般耀眼的笑容，與閃閃發亮的氛圍。

很明顯地具備其他人沒有的天賦。

我從射擊遊戲攤那時就察覺到了，她果然——

「妳果然是個『特別』的存在呢。」

我不禁脫口而出的這句話讓連帽外套女生目瞪口呆——但她立刻露出得意的表情。

「你說得沒錯！我是『特別』的女孩子喔！」

「居然自己講嗎……應該說，妳真的明白我這番話的意思——」

「可是！你也跟我沒兩樣喔！」

連帽外套女生露出燦爛的笑容，把棉花糖遞給我。

我跟連帽外套女生沒兩樣？這傢伙在說什麼啊。

「好啦，我們差不多該去逛其他攤位了！我們走吧，桐谷同學！」

「咦，要走了嗎？我還想跟小川同學多聊一下——」

「桐谷同學你真遲鈍耶。我們快走吧！」

連帽外套女生這次帶著桐谷同學不知上哪去了。

她真是個亂來的傢伙啊。

「那……那個……小川同學。」

「喔喔，丸谷，妳被那個奇怪的傢伙帶著到處跑，不要緊嗎？」

「該說不要緊嗎……反倒是她陪我一起逛，是個好人喔。」

「她是個好人嗎……？」

丸谷這番話讓我有些懷疑自己的耳朵……不過，說不定是丸谷人很好才會這麼說吧。

「先……先別提這些了，呃……這個。」

除了棉花糖的袋子，丸谷從她原本就帶著的個人小提袋裡拿出某樣東西。

接著她把那個東西交給我。

我看了收下的東西——是個髮夾。

髮夾是綠色的，就形狀來看，有點像是給男性用的。

「那個……因為逛到了飾品攤，我想說這感覺很適合小川同學……」

「這……這樣啊……」

突然收到髮夾這個禮物，我大吃一驚。

因為我至今從未收過除了家人以外的人送的禮物。
老實說，家人送的禮物也像是形式上的感覺。
所以──
「謝謝妳，丸谷！我超開心的！」
「真……真的嗎？太好了……」
我這番話讓丸谷露出安心般的笑容。
我當然會覺得開心啦。而且還是丸谷送的禮物，就更不用說了。
我看向右手拿著的袋子裡的金魚。
雖然是靠運氣撿到的金魚……但這是為了她拿到的金魚。
「丸谷，這個是為了妳拿到的。」
我這麼說，遞出裝著金魚的袋子。
「你撈到金魚了呢！你真厲害，小川同學！」
於是丸谷感同身受般替我感到高興。
感覺我的內心彷彿快被她的溫柔填滿了。
「可是……真的好嗎？」
「嗯，妳收下吧。因為這是為了妳拿到的。」

「……謝謝你。」

丸谷接過裝有金魚的袋子後，用疼愛的眼神望著金魚。

「我好開心喔。」

「是……是嗎？太好了……妳送的髮夾也讓我很開心。」

「——！……不客氣。」

這時丸谷又滿臉通紅，但我想我的臉應該也跟她一樣紅吧。

……不過我真希望是送丸谷靠自己的實力撈起的金魚。

儘管慶幸能把金魚交給她，還是殘留著這樣的後悔。

◇◇◇

我們離開撈金魚攤後，一邊思考接下來要做什麼一邊在河堤散步。順帶一提，我們兩人都勉強吃完了連帽外套女生給我們的超大棉花糖。

……感覺人潮比我們剛來時更多了。

一定是因為快到放煙火的時間吧。

證據就是慢慢地有人移動到方便觀賞煙火的地方。

去年跟小玉一起觀賞的煙火很漂亮……呃，不要再想小玉的事了，想也沒用啦。
就在我這麼心想時，發現丸谷目不轉睛地盯著我。
不過她的視線好像偏向上方——啊。
「髮夾適合我嗎？」
「咦？啊……嗯，很適合你喔。非常適合。」
我伸手摸著剛才夾上的髮夾這麼詢問，於是她有點慌亂地回答我……是因為被我發現盯著髮夾看而感到難為情嗎？
「咦，這不是優輝嗎？」
忽然聽到有人叫我的名字，我轉過頭，只見站在那裡的居然是爺爺。
竟然偏偏在這種時候碰到爺爺……感覺真尷尬。
「你不是身體不舒服嗎？而且你說過不會來夏日祭典吧？」
「咦……」
聽到爺爺這麼問，我不知該怎麼回答。
對喔，對爺爺來說，我現在應該身體不舒服待在家才對。
雖然真的身體不舒服的是昴希就是了……
而且從我告訴爺爺自己不會來夏日祭典後，昴希應該沒有跟爺爺說過他會來夏日祭典。

追根究柢，他搞不好從來沒跟爺爺見過面。

而且仔細一想，我們聊天的時候，關於爺爺的話題一次都沒有出現過。

「那個……其實我身體感覺好很多了，結果就突然想來逛夏日祭典。」

我隨便找了個理由帶過，這麼解釋。

「是這樣嗎？還有天氣這麼熱，為什麼你穿著連帽外套啊？」

「這是……有很多原因。」

「很多是指……嗯？」

這時爺爺察覺到丸谷的存在。

「該不會那邊那個女孩子是……你的女——」

「不是女友喔！是朋友，朋友！」

「什麼啊，你也用不著激動成那樣吧。」

爺爺露出看似不滿的表情。還不是因為爺爺本來想多嘴。

「幸會。老夫是優輝的祖父，名叫菊次郎。」

「幸……幸會。那個……我是小川同學的同班同學，名叫丸谷花火。」

「喔喔！還真是個好名字啊！」

爺爺興奮的模樣讓丸谷有些困惑。我告訴丸谷爺爺是煙火師，於是丸谷可以理解似的點了頭。

然後爺爺說起了這樣的話題。

「其實啊，老夫接下來要施放夏日祭典的煙火，你們要來參觀嗎？」

「煙火嗎？可是我……」

感覺看到煙火又會想起小玉。

而且丸谷她——

「我有點……想去參觀。」

一旁的丸谷含蓄地這麼說了。然而從她轉學過來就一直跟她相處至今的我可以明白，她一定是非常想去看。

「爺爺，我跟你一起去。相對地，也可以帶丸谷去嗎？」

「當然可以。既然是優輝的朋友，我當然非常歡迎啦。」

獲得爺爺的允許後，我看向丸谷，只見她露出彷彿在說「可以嗎？」的表情。

我用力點頭表示肯定。

「好，那你們兩個跟我走吧。畢竟距離放煙火沒剩多少時間了。」

爺爺這麼說並邁出步伐，我們便跟著爺爺前進。

所幸天空萬里無雲，是一片美麗的夜空。

跟小玉一起觀賞煙火的去年也是這種感覺。

小玉搞不好今年打算跟不是我的某人一起看煙火嗎？

跟著爺爺前進的期間，儘管很沒出息，我又不禁這麼心想。

◇◇◇

跟著爺爺前進一段路後，我們搭上車移動。

經過幾分鐘，我們立刻抵達了施放地點市民公園。

這座公園有個廣場一般大的區域，似乎會在那裡施放煙火。

「好，準備好了吧。」

爺爺望著煙火筒和煙火球這些他準備好用來施放煙火的道具。順帶一提，因為天色已經暗了，除了我、丸谷跟爺爺外沒有其他人在，就連爺爺的同事也不在。

這場夏日祭典——也就是狐火祭的高空煙火，爺爺似乎總是一個人負責施放。他表示孫子說不定在觀賞煙火的這場祭典，無論如何都想獨力完成這個任務。

「真令人期待呢，小川同學。」

丸谷一臉雀躍地向我搭話。

「丸谷，妳喜歡煙火嗎？」
「嗯，最喜歡了。」
「這樣啊。煙火很棒呢。」
丸谷連連點頭同意我這番話。
之前都不曉得丸谷喜歡煙火……但考慮到她的名字，這也沒什麼好奇怪的吧。
總覺得人們本來就容易喜歡上跟自己的名字相關的事物。
雖然我沒有那樣的事物就是了……
「看著吧，優輝，還有丸谷同學。」
爺爺在有點距離的地方揮手。
好像到了施放煙火的時間。
「感覺很難為情，拜託你不要太興奮啦。」
「小川同學的爺爺真有精神呢。」
我有點傻眼，丸谷則是呵呵笑著。
然後爺爺將點燃的火種拋進煙火筒後，事先準備好的煙火球便竄升到空中。
煙火球發出哨子般「咻——」的聲響，同時飛向高空——
砰！美麗的牡丹花伴隨著這樣的爆炸聲在空中綻放。

「唔哇，真漂亮呢。」

「……是啊，很漂亮。」

相對於在一旁很開心似的眺望著煙火的丸谷，我雖然覺得煙火很漂亮，但還是忍不住想起了去年的事。

……小玉是否也眺望著這片夜空呢？

在我思考著這些事情的時候，煙火也不斷升上空中。

形狀像是頭冠，被稱為「冠」的煙火；看起來像蝴蝶或愛心符號，被稱為「型物」的煙火；看起來像有好幾個小型煙火聚集起來，被稱為「蜂」的煙火。

這些都是平常跟爺爺聊天時，他會自己告訴我的知識，所以我聽到都記起來了。

「小川同學的爺爺真厲害耶。」

「是啊，我爺爺很厲害。」

雖然爺爺總是說自己沒什麼了不起，但他真的很厲害。

他能施放好幾發這麼美麗的煙火，能打動某人的心靈……沒什麼了不起的人怎麼可能做到這種事呢。

所以爺爺也是「特別」的存在……跟我不一樣。

就在我像這樣一個人擅自感到沮喪的時候——

爺爺突然倒下了。

「爺爺！」

我急忙飛奔到爺爺身邊，只見爺爺按著胸口。

他……他怎麼突然……是生了什麼病嗎？

「小川同學的爺爺！您還好嗎？」

丸谷關心地這麼問道，但爺爺沒有回應。

不……不妙！總……總之先叫救護車！

我慌張地拿起手機，準備叫救護車。

「先……先等一下……」

但這時傳來爺爺這樣的聲音。

「爺……爺爺！你沒事吧？」

「……嗯，沒什麼大礙。」

儘管爺爺這麼說，他的表情看起來很痛苦，呼吸也十分急促。

不行，果然還是得叫救護車。

「就……就叫你等一下了……最……最後，還有一發……還剩下一發。」

爺爺拚命對打算叫救護車的我這麼說。

還有一發，是說煙火嗎？

「既然只剩一發，反倒沒什麼關係吧。遊客應該也看得很盡興了。」

「混……混帳……最後一發是壓箱寶，最精采的煙火啊……所以說……」

「小川同學的爺爺！您……您不可以勉強自己！」

丸谷十分擔心無論如何都想施放最後一發煙火的爺爺。

可是爺爺的身體似乎已經沒什麼力氣，幾乎沒辦法動彈。

「可……可惡……」

「已經夠了吧，爺爺。我要叫救護車嘍。」

我話才說完，爺爺就絞盡僅存的一丁點力氣抓住我的腳。

這次又怎麼了……？我這麼心想並轉過頭去——

「優……優輝……你……你來……施放最後一發煙火吧。」

只見爺爺開口這麼說了。

「你……你在說什麼啊！那種事我怎麼可能辦到啊！」
「你辦得到吧……你來老夫家時，總是會擅自弄老夫的煙火球對吧。」
「——！那……那是……」
我每次去爺爺家，的確都會想擅自完成他弄到一半的煙火球。
我心想那樣說不定可以成為像爺爺一樣「特別」的存在。
「……因為老夫為了打發時間，好……好幾次告訴你關於煙火的事情……你記起來了對吧？既然這樣……你應該也知道施放煙火的方法。」
「我……我是知道啦……可是……」
然而結果我從來沒有完成過煙火球……這樣的我要施放煙火……怎麼想都是不可能的。
一無是處的我要施放煙火是不可能的任務。
「對……對了，未滿十八歲不是不能碰火藥嗎？所以應該也不能由我來施放煙火吧。」
「……只要不講就沒人知道啦。」
「但……但是——！」
理應很痛苦的爺爺對著想找藉口逃避的我笑了。
然而，那是非常虛弱的笑容。
「放心吧，如果是優輝你一定能辦到。」

「什麼如果是我，你到底有什麼根據……」

「這還用說……當然是因為你是老夫的孫子啊。」

爺爺應當很痛苦，卻努力維持笑容這麼告訴我。

聽到他這麼說，我覺得很高興。

但就算我是爺爺的孫子，我也不是爺爺啊……

「而且這件事只能拜託無數次一直在旁看著老夫工作的你——只能拜託優輝你啊。」

「……咦，只能拜託我？」

我這麼反問，於是爺爺微微點了頭。

「……所以就拜託你啦。」

爺爺筆直注視著我，這麼拜託我。

他就是這麼全心全意地把一切都賭在煙火上吧。

……就算這樣，我還是——

「沒問題的喔！」

丸谷忽然大聲地這麼主張了。

就像她平常在鼓勵感到沮喪或煩惱的我一樣。
接著她用力握住我的手。
「小川同學一定能辦到！絕對沒問題的！」
「妳說沒問題……才沒那回事——」
「就是有那回事！因為小川同學還撈了金魚給我嘛！」
「妳說金魚……」
撈金魚跟施放煙火的困難度沒辦法相比吧。
而且金魚也不是我憑自己的實力撈到的……
「還……還有呀，小川同學並沒有像你自己想的那樣是什麼都不會的人喔。」
「妳在說什麼啊？這種時候就別說客套話了。」
丸谷搖搖頭否定我這番話。
然後她對我說了：
「因為跟小川同學一起度過的夏日祭典，我玩得非常開心！」
「——！妳……妳突然在講什麼啊……！」
我動搖不已地這麼說道，於是丸谷燦爛地笑了。
那是我至今不曾見過的笑容，感覺就像太陽一般耀眼——

「既然你能像這樣深深打動人心，一定也能施放煙火的！」
重要的朋友這樣的話語在我內心深處強烈地迴盪。
……我真的能辦到嗎？
即使是一無是處的我，也可以試著再挑戰一次嗎？
「我也會盡我所能幫忙，就挑戰看看嘛！」
丸谷像要推我一把似的這麼說道。
……我真的總是受到她的鼓勵呢。
而且爺爺也那麼說了。
他說現在能拜託幫忙施放煙火的人只有我。
施放了那般美麗煙火的「特別」人物都那麼說了。
他相信不是「特別」存在的我。
一無是處的我或許什麼都辦不到。
但是，如果只是在這邊僅僅施放一次煙火，我說不定辦得到。
所以為了把一切賭在煙火上的爺爺、為了享受著夏日祭典的人們、為了盡全力鼓勵我的丸谷……
我——

「我知道了，我來施放最後一發煙火。」

我這麼說的瞬間，爺爺又露出了笑容。丸谷也露出很開心的表情。

「相對地，我要叫救護車嘍。」

「……老夫知道了。」

聽到爺爺的回應後，我用手機叫了救護車。

之後我先跟丸谷合力把爺爺抬到附近的長椅上。

畢竟爺爺還能說話，感覺等救護車到達就沒問題吧。

應該說，有問題的話我就傷腦筋了。

接著我請丸谷幫忙，開始準備最後一發高空煙火。

碰到實在不曉得該怎麼辦的問題時，我會詢問爺爺，但我希望盡可能讓他保持安靜，所以想避免那種狀況。

「接著可以給我煙火球嗎？」

「呃～～……煙火球是這個對吧？來，給你。」

我從丸谷手上接過大型煙火球，放進煙火筒。

……好，這下就準備完成了。

我在煙火筒的最下方放了火藥，在上面擺了煙火球，再來只要把點火用的火種扔進煙火筒就行了。

「要……要上嘍。」

「唔……嗯……」

我緊張地與丸谷互相對視。

照理說只要再扔進火種，煙火就會升上空中。

一定沒問題的。我這麼說服自己後，將手上拿的火種——放進了煙火筒裡。

……但煙火並沒有升上空中。

「……為什麼啊？」

煙火沒有升空一事讓我感到焦急，我立刻思考自己是否有哪個步驟弄錯了。

火藥、煙火球、火種……不，我應該沒有弄錯才對。

我聽爺爺說了好幾百次，所以步驟絕對是正確的。

那原因是什麼？

對了，我曾聽爺爺說過，偶爾會發生讓煙火升空的火藥很不幸地沒有點燃的狀況……是這個原因嗎？

假如是這樣，應該再放一次火種，點燃火藥嗎？

……我不知道。只能問爺爺了。

我走向爺爺躺著的長椅。

「怎……怎麼啦……？」

不過爺爺看起來比剛才更痛苦。

或許爺爺還能說話……但我不知道煙火沒有升空的原因，得請爺爺幫忙看一下道具……不，爺爺已經不是能做那種事的狀態了。沒辦法那麼做。

「沒……沒什麼。那個……我會好好施放煙火的。」

「……喔，好。拜託你了。」

儘管聲音虛弱，爺爺還是這麼回應我。

我立刻回到原地，思考原因。

……果然步驟並沒有弄錯，不管怎麼想，感覺都只可能是火藥沒有點燃。這麼認為的我決定再放一次火種。

可是，當我看向裝火種的箱子時——

「只有一個？」

裝在箱子裡的火種僅剩一個。

……很不妙。假如這樣還失敗，就沒辦法施放煙火了。

如果無法回應爺爺的期待，會讓來逛夏日祭典的人們感到悲傷，丸谷的鼓勵也會失去意義。

……我又會落得一事無成的下場。

「小川同學？你知道煙火沒有升空的原因了嗎？」

丸谷一臉擔心地這麼詢問。

「等……等我一下，感覺我快要找出原因了。」

為了不讓她感到不安，我這麼說完拿起箱子裡的火種。

剩下的火種只有這麼一個。假如我的想法是錯的，用掉這個火種，煙火還是沒有升空，一切就搞砸了。

……好可怕。太可怕了。

我好害怕、好害怕、害怕得不得了——

「小川同學！沒問題的！」

就在我非常害怕失敗時，丸谷又鼓勵我似的這麼說了。
「丸谷……？」
「因為小川同學你又露出很不安的模樣……可是我剛才也說過吧，你一定能成功施放煙火的。」
「可……可是……假如失敗——」
「失敗的話，我也會陪你一起道歉，所以沒什麼好怕的。」
丸谷溫柔地對我微笑。
看到這樣的她，我的心靈很不可思議地平靜下來。
「而且，就算失敗，只要下次再努力就好啦！我會一直陪著你的！我們再一起不斷挑戰吧！就像文化祭那時一樣！」
「再一起……」
我想起文化祭時的事情。
因為我太沒用而不能站中心位置跳舞這件事讓我很懊惱……就算這樣，跟丸谷一起練習舞蹈，努力挑戰的那段日子——還是非常快樂！
儘管這種想法很遜，如果有丸谷陪著我，或許就沒什麼好害怕的。不，我什麼都不怕！

「丸谷，可以拜託妳一件事嗎？」

「嗯，可以呀。」

丸谷立刻這麼回答……我就覺得如果是溫柔的她，一定會這麼說的。

「我接下來要放入最後一個火種……希望妳可以握著我的手。」

「只要握著你的手就好嗎？……我知道了。」

丸谷的臉頰微微泛紅，溫柔地握住我拿著火種的手。

老實說，我覺得自己的臉應該也變得很紅。

……可是這樣就沒有任何不安了。

如果還是失敗——就等真的失敗時再來想辦法。

「要上嘍，丸谷。」

「……嗯。」

就這樣，我們兩人一起把最後一個火種扔進煙火筒裡。

……但是，煙火依然沒有升空。

果然是我的想法錯了嗎……

正當我感到沮喪，看向一旁，只見丸谷雙手合十地祈禱。

祈禱煙火升空。

……沒錯，還不曉得結果。

爺爺曾說過偶爾也會發生煙火慢半拍才升空的狀況。

既然這樣，我也還不能放棄。

我也學丸谷那樣雙手合十。

拜託了，只要這一瞬間就好。

也讓我完成某件事吧。

為了爺爺、來逛夏日祭典的人們，還有丸谷。

讓煙火升空吧。

——拜託了，升空吧！

剎那間，哨子般的聲響伴隨著爆炸聲升上天空。

然後——只見盛大的菊花燦爛地綻放在夜空中。

那是我至今看過的煙火中最盛大且美麗的煙火。

——我的內心震撼不已。

「好壯觀……」

彷彿要覆蓋整片夜空，巨大且美麗的煙火讓我不禁發出這樣的感嘆。

當然也包含了看到煙火升空的喜悅，但我受到的感動遠遠超出那樣的喜悅。

對了，丸谷呢？我看向一旁，只見她也入神地看著煙火。

「好漂亮……」

丸谷緊盯著煙火，同時這麼喃喃自語。

——然而她彷彿突然想起什麼，將手貼在嘴邊。

「TA……TAMAYA～～！」

感覺有些僵硬，但大聲地這麼呼喊了。

原來丸谷會做這種事啊……儘管感到意外，她看起來有點開心——那我也加入吧。

「TAMAYA～～！」

我跟丸谷一樣這麼吶喊，於是她大吃一驚地看向我。

然後——我們彼此開心地笑成一片。

我們將視線拉回夜空，只見菊花緩緩消失了。

那模樣讓人有些感傷，不過跟煙火升空時一樣美麗。

——我們兩人又四目相交。

「成功了呢。」

「都是多虧了小川同學。」

「當然沒那回事啦。都是因為有丸谷妳陪我一起啊。」

我這麼回應的同時，想起丸谷剛才對我說的話……對了，她好像說會一直陪著我？那表示──

「我……我說，丸谷──！」

我正準備向丸谷搭話，只見她連耳朵都紅了。

……啊～～這應該是她想起了自己剛才說的話吧。

「妳……妳還好嗎？」

「你……你是指什麼呢？我……我完全不要緊喔……」

雖然她這麼說，臉還是很紅，看起來完全不像不要緊。

看到這樣的她，就連我也不禁害羞了起來。

……呃，且慢。仔細一想，現在可不是感到害羞的時候。

「爺爺！」

我看向長椅──但爺爺不見了！他……他上哪去了？

「小川同學的爺爺消失了。」

丸谷也大吃一驚。這是當然的，他那種身體應該動不了才對……

怎……怎麼辦……

「優輝！原來你在這種地方啊！」

正當我感到慌張時，忽然傳來耳熟的聲音——是爺爺！

雖然慶幸找到了人……可是，爺爺很有精神地站著。

而且還急忙飛奔到我這邊。

「爺……爺爺，你身體不要緊嗎？」

「啥？你在說什麼啊？先別提這些，你到底上哪去啦？全家都在找你耶。」

爺爺突然說些不知所云的話，讓我感到混亂。

……找我？

然後我聽爺爺說明了。

據說是身體不舒服的我從家裡消失了，父母、秀也和爺爺都到處在找我。結果爺爺明明不在，煙火卻照常升空，所以爺爺才跑來公園看情況，然後就找到了我。

原來如此……我完全不懂他在說什麼。

不，我明白他這番話的意思，但煙火升空的時候，爺爺人就在這裡，而且除了最後一發煙火，都是他自己施放的。

……真是搞不懂怎麼回事啊。

「煙火是優輝你放的嗎？」

「咦？最後一發是那樣沒錯啦——」

「幹得漂亮！」

爺爺該不會是忘了吧。

爺爺這麼說，對我露出笑容……雖然除了最後一發，都是爺爺施放的就是了。

「儘管擅自放煙火不是好事……但我就覺得如果是你，一定能辦到！真的幹得好！」

爺爺面帶笑容，看起來非常高興。

我並沒有擅自放煙火，反倒是被爺爺拜託才那麼做的……這到底是怎麼回事啊。

……可是被爺爺稱讚讓我非常開心。

還有，爺爺的身體似乎不要緊，讓我放心了。應該說豈止不要緊，看起來還比平常更有精神。剛才他也是用跑的過來我這邊，速度快得要命。

……慘了！這麼說來，照這樣下去會有救護車過來這裡耶！

不能讓救護車為了跑步還精神百倍的爺爺特地來一趟，得趕緊通知他們原委！

我再次打電話給急救人員，告訴他們爺爺的狀態已經恢復正常。

急救人員一開始還是表示會過來一趟，但我拜託爺爺讓他們聽一下很有精神的聲音，對方才總算能夠接受。

……這下就不會給急救人員添麻煩了。

之後爺爺問我為什麼會叫救護車，我感到驚訝，但仍向爺爺說明原因，於是爺爺不知為何疑惑地歪過頭。

爺爺是年紀太大，甚至忘了自己直到剛才還痛苦不已嗎？

呃，可是爺爺說他直到剛才都在找我……這果然是個謎啊。

「好啦，差不多該回去嘍。明彥他們很擔心你。」

正當我感到不可思議時，爺爺忽然開口這麼說了。

「咦，可是丸谷她——」

「我沒問題的，因為直到最後一刻都跟小川同學盡情享受了夏日祭典嘛。」

「那……那就好……妳會搭我爺爺的車回家吧？」

「不用喔，其實我家就在這附近，所以不要緊。」

丸谷這麼說了。我現在才知道原來丸谷家在這一帶。

「……這樣啊……那麼，改天見，丸谷。」

「嗯，改天見嘍。」

進行了這樣的對話後，我準備跟上先走一步的爺爺。

……呃，我忘了說一件很重要的事。

「那個……跟妳一起逛夏日祭典，我也玩得非常開心。」

「——！……謝……謝謝你。」

我有點緊張地說完，丸谷難為情似的這麼回應。

看到這樣的她，我的心跳開始加速。

……直到最後一刻，我都被丸谷搞得小鹿亂撞啊。

就這樣，我跟丸谷今年的夏日祭典結束了。

就跟與小玉一起度過的去年一樣——不，甚至變成比去年更棒更開心的夏日祭典！

◇◇◇

那之後爺爺開車送我回爸媽在等著我的自家。

其實應該是昴希要待在我家，但他似乎消失了。剛才我接到那傢伙的電話，他表示：「只有今天先恢復原狀吧～」我無可奈何，決定僅限今天變回「小川優輝」。昴希那傢伙，到底多任性啊……哎，算啦。

「我回來了～」

我一進家裡，就看到媽媽、爸爸與秀也堵在玄關前。

而且仔細一看，媽媽的頭髮十分凌亂，爸爸呼吸也很急促。

秀也的眼睛紅得讓人覺得他大概直到剛才都還在哭。

「……什麼？怎麼了嗎？」

我這麼問，於是媽媽用非常驚人的模樣看向我。

「什麼怎麼了啊！」

還非常激動地對我發飆。

「……咦，什麼？怎麼回事？」

「什麼怎麼回事，你都留下了這樣的字條。」

爸爸拿出一張紙給我看。

上面寫著這樣的內容：

『我累了，要稍微到遠方走走。』

這一定是昴希寫的吧……那傢伙竟然搞這種會引人誤會的事。

「哥哥！你別死啊！我會陪你一起玩遊戲，要我做什麼都行！」

秀也突然哭著這麼求我。他這份心情我是很高興……但這接踵而來的狀況到底是怎麼回事啊。

話說，爺爺根本沒提到我留了字條在家耶。

「爺爺不知道這張字條嗎？」

「對你爺爺怎麼說得出口啊！萬一他大受打擊而倒下該怎麼辦！可是你爺爺很喜歡你，所以我們只告訴他你不見了！」

「這……這樣啊……但是，也用不著那麼生氣吧。」

「我當然會生氣了！為什麼你要做這種——」

然後媽媽高高地舉起手。

啊啊，我至今從未挨打過，但終於到了這個時候嗎？

哎，雖然我也覺得像我這種沒用的兒子居然一次也沒挨打過，實在很不可思議就是了。

就在我做好挨打的心理準備時……

——媽媽用力抱緊了我。

「……媽媽？」

我這麼問，於是聽到媽媽在吸鼻涕……她在哭嗎？

「……優輝，對不起，大概都要怪我。都是因為我老是拿你跟秀也比較，另外還對你嘮叨了很多事。」

媽媽這麼對我說了。

這番出乎意料的話讓我驚訝得什麼都說不出來。

「不，我也有錯。我每天都對你說了太多有的沒的……抱歉。」

於是爸爸也這麼表示。

「哥哥，我很喜歡現在這個樣子的哥哥！所以請你不要消失不見！」

秀也淚流滿面地這麼向我強調。

這時我總算明白了。

啊啊，我可以待在這個家啊。

即使一無是處，即使並不「特別」，也可以跟家人一起生活。

明白這件事後，我不禁差點哭出來。

但我拚命忍住淚水——對家人露出笑容。

「笨～～蛋。我怎麼可能消失不見啊。」

然後我也告訴所有家人——

「因為我是媽媽和爸爸的兒子，是爺爺的孫子，是秀也的哥哥——小川優輝嘛！」

◇◇◇

從我跟丸谷一起去夏日祭典，讓煙火升空那天，過了一段時間。

暑假的最後一天，我來到常去的那間神社。

「好久不見！優輝！」

「好久不見啦，昴希。」

見到昴希後，我們互相打招呼。其實從他表示想恢復原狀一天的那天後，我們一次也沒有交換身分。

儘管這樣很任性自私，我主動告訴他想停止交換身分。

於是昴希很乾脆地答應了。

之後我跟家人一起度過的時間變多，有時還會一起出門，所以跟昴希也很久沒見面了。

「那之後你跟家人相處得如何？」

「媽媽跟爸爸都不會再拿我跟秀也比較，甚至會跟我一起去逛街……感覺還不錯吧。」

「是喔～～太好了。」

「哎，雖然秀也除了念書時，一直黏著我讓人有點傷腦筋就是了。」

秀也除了念書和上補習班的時間，都會跑來想跟我一起玩。

大概是那張字條讓他留下了心理陰影吧。

「都要怪昴希你留下那張字條，引發了很多麻煩。」

「都是多虧我留下那張字條，幫了你很多忙吧？」

昴希對我露出得意的表情……這傢伙還是老樣子。

「可是，你為什麼要留下那種字條啊？」

「你問為什麼，我只是寫出事實啊。我身體很不舒服，覺得累了，要稍微到遠方——回我家一下。因為我希望我媽媽照顧生病的我——開玩笑的。」

昴希這麼說明那張字條的內容，但實在太過牽強，而且照這種感覺來看，夏日祭典那天他是否真的身體不舒服也相當可疑。

「……你真是個不可思議的傢伙耶。」

「我散發著神祕感嗎？聽起來很棒呢！」

即使我迂迴地想問各種事，昂希也會像這樣避重就輕地回應。

就算繼續這樣的對話，他的對應八成也不會改變；即使開門見山地問，結果也不會有太大的不同吧……哎，算啦，畢竟多虧了昂希，我跟家人的關係才能變好，這點值得慶幸。

更重要的是，我有件事必須告訴昂希。

「我決定要以當上煙火師為目標了。」

接著我告訴他夏日祭典那天發生的事。

並不「特別」又一無是處的我，成功地讓盛大且美麗的煙火升空。

「原來發生了這種事啊！所以你才想當煙火師嗎？真帥氣耶～～」

「哎，因為我明白了就算不像你一樣『特別』，即使是一無是處的我，說不定也有能夠做到的事情。」

雖然就算能讓煙火升空，也不代表就一定可以製造煙火啦。

……可是，我能夠覺得自己想再次挑戰了。

這都是多虧了丸谷。讓煙火升空的時候，她給了我很多鼓勵，給了我很多有幫助的話。

不過聽到我這番話，昂希卻冒出預料之外的話語。

「不是那樣喔。」

忽然傳來的話讓我驚訝地看向他。

「……哪裡不對了？」

「等一下，你別用那麼恐怖的眼神看我啦。」

昴希輕笑著回應，接著這麼告訴我：

「你說自己不是『特別』的存在，其實沒那回事喔。」

「？這話是什麼意思啊？」

「因為這個世界上只有一個『小川優輝』啊，只有你而已喔。沒有人可以取代你。你不覺得在沒人能替代你時，你就已經是『特別』的存在了嗎？」

昴希用雀躍的聲音很開心似的這麼述說。

儘管明白他想說的話……

「……可是，我什麼都不會。」

「哪有什麼都不會？你讓煙火升空了吧？」

「是……是那樣沒錯啦……」

那該說是運氣好嗎……哎，雖然我姑且具備關於煙火的知識，但也不認為都是多虧有自己在。應該說丸谷也幫了很多忙，再加上爺爺願意信任我……說起來，我固然是讓煙火升空了，但也就那麼一發而已。

就在我像這樣思考著許多事情時——

「我說啊，常有人覺得自己什麼都不會，但那只是還沒找到自己會的事而已。相反地，具備某些能力的人只是早早就找到自己會做的事。會一點什麼的人跟什麼都不會的人之間的差別，就只是這樣而已。」

昂希這次帶著認真的表情，為了清楚讓我了解，慢慢地這麼說明。

「但我從小就挑戰了各種事情，卻一直沒有找到。」

「那樣只要更努力去尋找就好啦。只要一直找、不斷找、拚命找，一定會找到自己能做的事情。就像你在夏日祭典時成功讓煙火升空一樣。」

昂希用感覺很溫柔的語調這麼告訴我後——

「所以說，優輝你可以認為自己從誕生那時就是『特別』的存在。」

他接著再次告訴我一開始就跟我說過的話。

這樣的他像在鼓勵我似的笑了。

……原來如此，能做到什麼的人跟什麼都不會的人，其實也沒有太大的差別。

那不會是決定一個人是否「特別」的理由。

那麼，一無是處的我也可以認為自己是「特別」的嗎？

因為——「小川優輝」這個存在，在這個世界上除了我以外，沒有第二人。

「……昴希你人真好耶。」

「常有人這麼說！」

我這句話讓昴希得意地回應。

他又在笑了。但看到他的笑容，我也不禁跟他一樣笑了。

這時昴希突然站起來。

「好啦，我今天有事，差不多該回去了。」

「你要回去了嗎……」

「怎麼？你會寂寞嗎？」

「……是啊。」

我這麼說，於是昴希露出有點驚訝的表情。

「這……這樣啊。不過不要緊喔！我們很快又能見面的！」

昴希這麼說，準備邁出步伐——但他停下腳步，轉過頭來。

「我們今後已經沒必要再交換身分了吧？」

昴希確認似的問道。他的眼神看起來有些擔心。

不過我——

「嗯。我會以『小川優輝』的身分好好活下去。」

「不錯嘛！棒呆了！」

我這麼斷言，於是昴希露出今天最燦爛的笑容。

昴希果然是個溫柔的人啊。

就在我如此心想時，昴希想起什麼似的來到我身邊。

怎……怎麼啦……？

「這個給你。」

昴希脫下他自己的連帽外套，遞給我。

「這不是你的註冊商標嗎……？」

「你就拿去吧。我想送給你啊。」

昴希用直率的眼神注視著我。

雖然有很多疑問……既然他這麼認真，不收下就太失禮了。

「謝謝你，我會珍惜的。」

「記得每天穿喔。」

昴希這麼說，對我眨了眼睛。

「這就有點……畢竟天氣有時還是很熱。」

「記得每天穿。」

「……我盡量。」

我被昴希的氣勢壓倒，只能這麼回應……哎，能穿的日子就盡量穿吧。

然後昴希要先一步離開神社。

我想著小玉說不定會出現，所以決定在神社多待一會。

因為讓煙火升空的那天後，我又開始尋找小玉了。

「那再見啦，優輝。」

「嗯。再見，昴希。」

就這樣，昴希準備離開神社。

——但看到他的背影，不知為何我突然感到不安，覺得就這樣道別真的好嗎。

「欸，昴希！」

我大聲叫住他，於是他轉過頭來。

「怎麼了，優輝？」

看到昴希的臉，我有些猶豫是否該把剛才想說的話說出口。

感覺現在才說這些有點晚了……又有點難為情……但是！

「我們要不要當朋友？」

我鼓起勇氣這麼說，於是昴希有一瞬間目瞪口呆——然後笑了。

「有人會在這種時候講這種話嗎？」

「是……是沒錯啦——」

「應該說，我們早就是朋友了吧！」

他突然拋出的一句話讓我的心臟猛然跳了一下……這傢伙太帥了吧。

老實說，我真的非常高興。跟昴希相遇、交換身分、在神社一起聊天，過著這樣的生活時，我一直想跟他成為朋友。

「那再見嘍！優輝！」

「再見啦！昴希！」

我們兩人在最後這麼互打招呼，然後昴希離開了神社。

昴希會得意忘形、有點聒噪，也有點麻煩。

可是，跟他相處很快樂，他非常溫柔，還告訴我很重要的事情。

——他是最棒的朋友！

◇◇◇

暑假結束後，平凡的學生生活又揭開了序幕。

不，跟暑假前相比，我說不定有點改變了。

首先，我的朋友變多了。

不知為何，松本同學開始會向我搭話。因為冷淡地對待他也很奇怪，所以我一直跟他聊天，結果發現他似乎喜歡玩遊戲，我們便開始一起玩了。

而且丸谷好像不小心把我施放煙火的事告訴了別人，其他同學也開始會向我搭話了。

就像這樣，我的朋友比放暑假前多了不少。

假日我會到爺爺家學習關於煙火的知識。

因為我還未滿十八歲，沒辦法直接參與作業就是了。

畢竟夏日祭典那時是比較特殊的情況嘛。

當我像這樣過著校園生活，並且立志當煙火師——

假日中午，我又來到了平常那間神社。

「……今天也沒來嗎？」

我坐在石階上這麼喃喃自語。

當然也是在說小玉……不過自從暑假最後一天與昴希道別後，我就沒再見過他。豈止如此，我到他家一看，只見從屋子裡出現的不是昴希的母親或父親，更不是昴希本人，而是完全不認識，看起來像不良少女的大姊。

雖然站在玄關前面時看到門牌寫著「鈴木」，我就覺得有點奇怪了……昴希究竟是何方神聖？

「他真是個不可思議的傢伙耶。」

見不到昴希，我覺得很寂寞……但是，那跟小玉失蹤時的心情不同，是感覺可以接受的寂寞。

或許是因為前幾天跟昴希道別時，我自己在內心深處就隱約明白我們無法再相見了。

儘管如此，我還是會繼續在這間神社等著昴希到來。

如果是這裡，說不定就能見到面。

「話說回來，還真閒啊。」

如果是之前的我，就可以跟小玉一起玩……但一個人實在閒著沒事做。

……來睡一下好了。

就在我如此心想時，附近的草叢嘎沙嘎沙地動了起來。

是……是誰？昂希嗎？還是小玉？

或是完全不同的動物……？

接著——

「嗷嗚～～！」

居然是小玉！

「小玉！」

我張開雙手，於是小玉飛撲到我懷裡。

對了，記得人類不能碰狐狸……不過算啦。

我有多久沒見到小玉了呢？感覺有一個月以上了。

就在我想著這些事情時，因為太開心，視野變得模糊。

「你上哪去了啊，真是的！」

「嗷嗚！嗷嗚！」

「原來如此。我完全聽不懂你在說什麼呢。」

這樣的對話也睽違許久，甚至讓人有些懷念。

老實說，我有很多事想問小玉……但小玉不會說話啊。

相對地，我——

「我有很多事想告訴你，我可以說嗎？」

「嗷嗚！」

小玉大聲回應。

小玉一定絲毫聽不懂我說的話吧。

但是，我還是想告訴這個重要的朋友。

我想告訴牠在這個夏天發生的無可取代的故事——

「首先，我在暑假遇到了一個很誇張的傢伙喔，他叫小川昴希——」

然後我把這個夏天的故事告訴了小玉。

——身上還穿著昴希的連帽外套。

這是已經放棄「特別」的「小川優輝」，多虧了跟他長得一模一樣的少年「小川昴希」，得知自己從一開始就是「特別」的存在——某個夏天的故事。

○終章

某天。我今天也在神社等著小川同學。

我身旁放著金魚缸，一隻金魚優雅地在裡面游泳。

金魚的名字是玉輝。我把小玉跟小川優輝同學的名字組合起來了。

『妳咩噗中意那隻金魚咩噗呢～』『看著金魚有什麼好玩的嗎？』

『在下覺得很無聊是也。』『祢們真是不解風情。這樣還算是神明嗎？』

身旁有四人——不，是四尊神明在聊天。

沒錯，祂們是神明。而且——我也是。

人們稱我們是「稻荷神」。祂們分別住在這附近的幾間稻荷神社裡，有空的時候偶爾會像這樣來訪。

因為稻荷神社在日本約有三萬間，附近有好幾間稻荷神社是常見的事，而且說是稻荷神，也並非必須一直待在神社裡。最起碼在神社舉行祭典的日子，或是參拜者比較多的過年期間待在神社就行了。

『我說啊，接下來有很重要的事情要辦。祢們沒事的話可以早點回家嗎？』

『別說那麼冷淡的話嘛。暑假時人家幾個那麼咩噗努力地幫忙了，稍微關心一下你們兩人的進展也無妨吧？』

四尊神當中外表像辣妹的稻荷神用隨便的辣妹語這麼說道。

『沒錯是也。在下也非常努力地扮演他朋友這個角色是也。』

『吾也一樣。』

『我不僅要扮演朋友，還被迫扮演爺爺啊。我可是急忙去學了施放煙火的方法……就算我再怎麼萬能，身兼多職還是很辛苦耶。』

忍者語調的稻荷神、中二病的稻荷神，還有戴著墨鏡的稻荷神接連這麼訴說。

最後那個戴墨鏡的稻荷神所說的話，讓忍者稻荷神與中二病稻荷神回應：『墨鏡實在太萬能了是也。』『真是個可怕的男人。』

『而且人家還努力扮演了媽媽的角色，不良妹妹雖然不在這裡，不過祂不但努力扮演了爸爸的角色，還把房子借給我們用～～』

辣妹稻荷神用眼神訴說：「我們還不用回去吧？」

『關……關於這件事我真的很感謝祢們……但不行的事就是不行。』

『咦～～小氣～～』

『因……因為……那個……很……很難為情嘛。』

我臉頰發燙地這麼回答，於是辣妹稻荷神呵呵笑了。

『妳那麼害羞咩噗呀～真沒辦法，今天就看在那通紅臉蛋的分上，打道回府吧。』

『咦，要回去了是也嗎？』『吾很想看聊著純情對話的男女耶。』『我也好想看。』

『反正隨時都有機會看到，下次再來看就好啦。』辣妹稻荷神這麼說服其他神，於是忍者語調的稻荷神等也只好不情不願地接受。

然後四尊神決定回到自己的神社。

『加油咩噗。』

道別的時候，辣妹稻荷神這麼鼓勵我。儘管她還是用錯了辣妹語……但我非常高興——之後剩下我一個人。如果跟平常一樣，應該還要花上一點時間，小川同學才會到這裡。這麼心想的我決定稍微回想。

回想與小川同學之間的回憶——

我是在大約一年前與小川同學首次相遇。

稻荷神具備有點特殊的能力，就是自身能化身成任何存在。

某一天，我使用了那種能力，化身成狐狸在住宅區散步。

這麼做的理由是我喜歡跟自己有點相似的狐狸，還有化身成狐狸的話，光是散步就會受到許多人注目。

我每天生活的神社以前更加繁盛，也有很多人會來參拜，但隨著時間流逝，人們漸漸不再來訪，就像現在這樣荒廢了。

雖然辣妹稻荷神等偶爾會來關心我……就算這樣，我還是一直獨自一人，覺得很寂寞。

因此我有時會化身成狐狸，想受到眾人注目。我希望其他人好好看著我。但是，光是這樣果然還是覺得很寂寞……

就在我想著這些事情，然後回過神時，我差點被車子撞到。

——說是這麼說，即使被車撞到，我也不會死，可能甚至不會覺得痛，畢竟我是神嘛。

我原本是這麼想的……結果我並沒有被車撞上。

因為他——小川同學救了我。

這就是我跟小川同學第一次相遇。

他救了我的時候，老實說我陷入一種很不可思議的心情。他為什麼會不惜賭上自己的性命來拯救一隻狐狸呢？他不會害怕自己可能因此死掉嗎？

當然我很高興他救了我，也覺得他是個很棒的人……但更重要的是，我想了解更多關於他的事。

然而像這樣回顧之後，說不定當時的我其實只是抱著期待。如果是賭上性命救了我的小川同學，或許也可以消除我的寂寞。

在他拯救了我後，我立刻努力帶領他到神社。

結果小川同學那天就一直陪伴在我身旁。他跟我說了很多事，還陪我一起玩。

然後在離別的時候，或許是因為我看起來很寂寞——

『不要緊！我明天也會過來！』

他笑著這麼對我說了。

那一瞬間，我一直感受到的寂寞消失了一點點。

小川同學就跟他說的一樣，隔天也來找我了——之後我就過著與小川同學共度時光的生活。在這樣的期間，寂寞果然慢慢消失不見。

——小川同學變成了我心中非常重要的存在。

我想與小川同學共度更多時光，於是決定進入他就讀的夏海高中上學。在稻荷神裡面也有神平常會化身成人類，混在人群裡生活。因為夏海高中的教師當中碰巧也有稻荷神，我就去拜託祂協助我進學校讀書。

在夏海高中與小川同學一起度過的校園生活真的非常快樂！

儘管辣妹稻荷神祂們也從中途進學校就讀，讓我嚇了一跳……我希望可以照現在這樣，一直跟小川同學度過快樂的校園生活！

……但是，在文化祭要決定站中心位置跳舞的人時，我做了一個失敗的決定。

看到小川同學煩惱是否要報名站中心位置，我建議他挑戰看看——以結果來說，我這個建議深深傷害了他。

『這樣的我有活著的意義嗎……』

還讓他說出了這樣的話。

……我心想搞砸了，必須快點拯救他才行。

所以暑假一開始，我就決定化身成他所說的「特別」的人類——「小川昴希」，與他交換身分。我認為這樣一來，小川同學就能成為「特別」的存在，並為此感到高興。

我請辣妹稻荷神祂們幫忙扮演昴希的父母和朋友，還有準備居住的房子。

就這樣，一開始只有幾天交換身分，到最後小川同學表示想永遠交換。太好了，這樣就能拯救小川同學。我心想這樣就可以讓他一直是「特別」的。

……可是徹底交換身分後，總覺得小川同學越來越常浮現陰暗的表情。

那時我這麼心想：這樣做真的好嗎？

這真的是小川同學期望的事情嗎？

然後我重新思考。

追根究柢，小川同學是個並不「特別」的人嗎？

——不對，才沒那回事。

小川同學幫我消除了寂寞——拯救了我。這是只有他才能辦到的事，對我而言，他在這時就已經是個「特別」的人了。

而且我從以前就一直在觀察人類，每個人或多或少都一定有只有自己才能做到的事。

……所以我希望可以告訴小川同學這件事。

這麼心想的我告訴其他稻荷神我想讓小川同學施放煙火。因為我常以狐狸的模樣從森林偷看他的情況，知道他會在爺爺家弄煙火球。

像這樣執行作戰後——小川同學漂亮地成功讓煙火升空！

在煙火升空的時候，我看到小川同學打從心底深受感動的模樣，於是鬆了口氣，認為這樣就好。

還有他施放的煙火實在美得沒話說！

『啊，是小川同學。』

○終章

我看見小川同學爬上石階的身影了。

他在頭髮上別著髮夾，也穿著連帽外套。

無論哪個都是我交給他的東西。

其實那件連帽外套用了他在高中的縫紉課因為縫得不順利，不得已只好丟掉的布，還有請懂時尚的辣妹稻荷神幫忙購買的連帽外套，由我親手製作。

因為那時他露出了非常懊惱的表情，我希望能讓他的努力有所回報。

一方面是因為這樣，加上我希望他可以珍惜我以昴希的身分與他度過的日子，才會把連帽外套送給他。

他今天也穿著連帽外套，還別著髮夾——真開心呢。

然後我開始準備。準備化身成狐狸——也就是小玉。

畢竟以神明的模樣去見他會嚇到他，而且萬一被其他人看見而引起大騷動，不曉得會發生什麼事，說不定會危害到所有稻荷神。

因此無論是哪尊稻荷神，都不會讓人類看到神明的模樣。

……然而，如果有一天我能用真正的模樣跟小川同學聊天就好了。

因為我真正的模樣是頭上有像狐狸一樣毛茸茸的耳朵，屁股也長著毛茸茸的尾巴，比人類的模樣還要可愛很多……我是這麼覺得啦。

接著我擺出化身用的姿勢。

我將右手大大地張開並橫放，左手則是筆直豎起食指。

然後將兩隻手疊起——比出像是煙火的形狀。

其實我已經練到這樣就能化身了，但化身的時候，我總會說一句跟小川同學幫我取的名字有關的臺詞。

你知道嗎，小川同學？稻荷神裡面有很多神明都沒有名字喔。

神社大間又氣派的稻荷神有名字，但像我這種待在小神社裡的稻荷神是不會有名字的。

所以，跟你第一次一起看煙火時，你幫我取了小玉這個名字，我真的很開心！

對於這樣的小川優輝同學，我——

最喜歡你了！

如果這份心意有一天也能傳達給你就好了。

然後，我——丸谷花火為了見小川同學，說出了那句話。

『TAMAYA。』

「後記」

幸會。以前就讀過我作品的讀者，好久不見了，我是三月みどり。

這次繼《再見宣言》、《有害人物》、《精英 ELITE》後，有幸再次執筆Ｃｈｉｎｏｚｏ大人的VOCALOID樂曲小說第四集《ＴＡＭＡＹＡ》，實在深感光榮。

關於本作品，首先要聲明一點，就是狐狸非常危險，請千萬不要觸摸！

要說有多危險，就是摸到會升天！這不是開玩笑的！

無論如何都想看狐狸的時候，請跟家人或朋友到動物園，安全地觀賞吧。

然後——關於故事內容，我認為每個人一定都有能做的事情。只不過就像那孩子告訴我們的，有人可以立刻找到自己能做的事，也有人過了好幾年都找不到。

直到遇見輕小說為止，我也是花了大約二十年的時間。

所以說，假如有人現在覺得自己什麼都不會，無法抱持自信，也用不著感到悲觀或著急。只要活著去經歷各種事情，一定可以找到自己能做的事。

而且，即使現在的你什麼都不會，也一定有人需要現在的你。聽到這番話，或許有人會認為才沒那回事，但無論是怎樣的人，只要活著，都會在不知不覺間被某人所需要。這世界很神奇地就是這樣的構造，因為每個人從誕生時就是「特別」的。

最後我想在這邊表達我的感謝。

Ｃｈｉｎｏｚｏ大人，這次也非常感謝您給予本作各種建議！多虧了您，我認為《ＴＡＭＡＹＡ》變成了一個更棒的故事！

アルセチカ大人，謝謝您總是替作品繪製非常可愛又出色的插畫！所有角色都很棒，尤其是優輝同學跟花火更是棒得沒話說！

責任編輯Ｍ大人，感謝您在我執筆時提供了許多協助。

多虧Ｍ大人的協助，本作品的完成度應該又提升了好幾倍。

與出版本書相關的各位人士，還有最重要的是購買了本書的讀者大人，我想由衷向各位表達感謝。真的很謝謝大家的支持。

那麼，我衷心期盼將來有機會與各位再相見——

Kadokawa
Fantastic
Novels

TAMAYA

（原著名：TAMAYA）

2024年2月1日 初版第1刷發行

作　者：三月みどり
插　畫：アルセチカ
原作／監修：Chinozo
譯　者：一杞

發 行 人：台灣角川股份有限公司
總　監：呂慧君
總 編 輯：蔡佩芬
主　編：林秀儒
編　輯：孫千棻
設計指導：陳晞叡
美術設計：李思穎
印　務：李明修（主任）、張加恩（主任）、張凱棋

發 行 所：台灣角川股份有限公司
地　址：104台北市中山區松江路223號3樓
電　話：（02）2515-3000
傳　真：（02）2515-0033
網　址：www.kadokawa.com.tw
劃撥帳戶：台灣角川股份有限公司
劃撥帳號：19487412
法律顧問：有澤法律事務所
製　版：巨茂科技印刷有限公司
ISBN：978-626-378-403-1